젊은 날이 많이 남았습니까

이방원

혼자가 혼자에게

이병률
산문집

목
차

인생의 파도를
만드는 사람은
나 자신

오래전 여행이 간절했던 시기에는, 한 번의 여행을 위해 오직 떠날 날만을 기다리면서 모든 일상을 여행에 맞춰 사는 그런 때도 있었다. 숨쉬는 매 순간마다 떠날 날을 기다렸다면 믿을까. 하지만 이제는 여행에서 별다른 느낌 혹은 감흥을 얻지 못하고 돌아오는 경우도 있는데 그렇게 맥빠진 여행을 마치고 돌아와서는 스스로도 참 많이 놀란다. 그만큼 바싹 마른 상태, 결핍이 있는 상태에서 떠난 여행이 아니어서였겠지만, 그래도 그렇지, 어느만큼을 채워오지 못한다는 사실을 알고는 형편없어진 여행을 대하는 태도 앞에서 새삼 놀란다.

뭔가를 빨아들이려면, 작은 것을 커다랗게 느끼려면, 미지근하기만 한 대기를 청량한 것으로 바꿔서 받아들이겠다면 어느 정도 메마른 상태여야만 가능하다. 물론 이 사실은, 여행에만 적용되지는 않는다. 우리가 엄살을 부리며 사는 건 그래서다. 우리가 자주 메말라 있는 것은 곧 좋아질 거라는 잠재적 '신호'가 왔음을 알려주는 것.

우체국에 갈 일이 있었다. 작은 상자 하나를 포장하고 있는데 한 청년이 문을 열고 들어왔다. 보내야 할 우편물 하나를 더 챙기고 있는 사이, 그 청년이 볼일을 보고 떠났다. 우체국 직원 둘이 주고받는 말이 들려와서 그가 우체국에 들른 이유를 알았다.

"○○ 출판사 직원 맞지?"

"네. 자주 오시죠. 오늘은 신춘문예 원고 보내러 오셨네요."

각 신문사에서 주관하는 신춘문예는 12월에 마감을 하고 1월에 발표를 한다. '새로운 봄의 기운'이라는 의미를 담고 있으면서, 그만큼의 자격을 가진 단 한 사람을 뽑는다는 의미의 신인작가 등용문으로 당선은 몇백 명의 경쟁자를 물리쳐야 한다. 되는 사람보다 안 되는 사람이 해변의 모래알만큼이나 많은 것이다. 그 확률은 낮은 것이어서 심장을 뛰게 한다. 나 역시 신춘문예에서 많은 고배를 마셨다. 투고하고 온 날은 이상하게 추웠고 그 추위가 날씨와는 상관없는 추위라는 것도 참 이상했고, 그리고 결과를 기다리는 그 며칠을 미쳐버릴지도 모르는 상태에서 바람에 떠다니는 기분으로 살았다.

하지만, 떨어지는 것은 절대로 중요한 일이다. 당선되지 않았다는 것은 당선의 의미만큼이나 중요하며 역시나 안 되었다는 것은 되기 위한 과정으로도 중대하다. 내가 그리는 그림이 남에게 이해될 수 없다는 것도, 내가 간절히 바라는 마음만으로 도달할 수 없다는 것도, 그리고 그 길을 가기 위해서는 커다란 상실감과 오기 또한 필요하다는 것까지도 알게 해주니까. 낙선된 다음에 쓰는 글은 태도부터 달라질 수밖에 없다. 안 될 수도 있는 일에 말도 안 되는 확률이 도사리고 있었음을 인정하는 것으로 한 사람의 어느 한 단면은 바뀐다. 그 상황은 자신의 현재를 확대해서 볼 수 있게 해줄 뿐만 아니라 내부의 힘까지도 뭉근하게 키운다. 어딘가에 떨어져보지 않는 우리는, 어디에선가 망해보지 않은 우리는 결코 성장할 수 없다.

또 필요한 것은 씻어내는 일이다. 잘 씻어내는 일.
우리는 어떻게든 상처받는다. 우리는 어떻게든 타인에 의해 내 단점이 발견되고 만다(발견되기도 하는 것이지만 남에 의해 드러난다고 하는 것이 맞을 것이다). 남들은 그것을 잘도 캐낸다. 남에게 단점을 가격당하는 순간 모든 것이 멈추는 것 같지만 어느 정도 시간 속에서 그 기분들은 희석된다. 상처든, 남이 들춰낸 단점이든 잘 씻어내야 한다. 씻어내는 것은 닦아내는 것이기도 하지만 덜어내는 것이기도 하고, 그 세포의 뿌리를 잘라버리는 일이기도 하다.
씻어내야 새살이 돋는다. 그곳에 새 기운이 돋는다. 잘 씻어내지 않은 부위는 새로운 살이 붙기에 깨끗하지 못하다. 이전의 것들과 적당히 섞여 좋은 것이 생겨나더라도 온전히 좋은 것일 수가 없다. 군내를 잘 씻어버리지 못하면 군내는 계속해서 따라오지 않겠는가. 트라우마가 나를 지나가면서 남긴 지문을 슬쩍이라도 몸에 남겨서는 안 된다.

내가 좋아하는 '반동反動'이라는 단어를 떠올린다. 물리학에서 '반작용'이라고도 쓰는 이 말은 사전적 의미는 이렇다. 물체 A가 물체 B에 힘을 작용시킬 때, B가 똑같은 크기의 힘을 A에 미치게 하는 작용.

힘의 시작은 내가 무엇을 시작했을 지점부터를 말한다. 그 어떤 시작 없이는 그 어떤 반동도 불가능하다는 말이다. 인생은 끊임없는 반동의 연속이고 그 연속을 통해 일어나는 결과가 결국 미래를 받치게 된다. 그러니 우리는 나의 내부로부터, 누군가의 신호와 영향으로부터 반동을 멈추지 않을 준비를 하는 추 자체가 아니고 무엇이겠는가.

성숙하지 못하다는 것은 마음이 시키는 것이 있을 때에도, 몸이 시키는 일이 있음에도 하지 못하는 상태를 말한다. 우리는 마음의 사용법과 놈의 사용법 앞에서 숱하게 주저해왔다. 혼자 헤쳐온 일이 거의 없는 생을 산다면 우리는 자주 난김레할뿐더러 인생의 그 어떤 무늬도 만들지 못한다.

심리학자 에릭 에릭슨은 이렇게 말하지 않았는가.

'사람들은 살면서 큰 위기를 겪기도 하지만 거기서 더욱 성장하기도 한다. 그런가 하면 어떤 사람들은 아주 작은 일로도 탈진 상태가 된다. 만일 그들 자신에게 의지력이 없거나 자신들의 책임을 감수하지 않는다면 그 어떤 것이라도 그들을 쓰러뜨리게 된다'라고.

당신이 혼자 있는 시간은 분명 당신을 단단하게 만들어준다. 어떻게 혼자인 당신에게 위기가 없을 수 있으며, 어떻게 그 막막함으로부터 탈진하지 않을 수 있겠는가. 혼자 시간을 쓰고, 혼자 질문을 하고 혼자 그에 대한 답을 하게 되는 과정에서 사람을 괴롭히기 위해 닥쳐오는 외로움은 어쩔 수 없는 것이다. 당신은 그 외로움 앞에서 의연해지기 위해서라도 혼자 있는 시간을 즐기면서 써야 한다. 혼자 있는 시간을 목숨처럼 써야 한다. 그러면서 쓰러지기도 하고 그러면서 일어서기도 하는 반복만이 당신을 그럴듯한 사람으로 성장시킨다. 비로소 자신의 주인이 되는 과정이다. 물론 자기 안에다 주인을 '집사'로 거느리고 사는 사람이다.

오늘밤도 시간이 나에게 의미심장하게 말을 건다. 오늘밤도 성장을 하겠냐고. 아니면 그저 그냥 지나가겠냐고.

인생의 파도를 만드는 사람은 나 자신이다. 보통의 사람은 남이 만든 파도에 몸을 싣지만, 특별한 사람은 내가 만든 파도에 다른 많은 사람들을 태운다.

좋아하는 것도
사랑하는 것도
모두가 혼자

누가 물었다. 사랑하는 것과 좋아하는 것의 차이가 뭐냐고. 굳이 대답을 하지 않았던 것은, 짧게 대답할 수 있을 것 같지 않아서였다. 산 아래서 듣는 빗소리가 좋아서였다.

사랑을 하면 풍경을 진하게 보는 시인이 되고 시간 속에서 부자가 된다. 마른나무에 잎이 돋고 그 잎에 새가 와서 앉는다. 그렇다고 찬란한 날들만 만나게 되지는 않겠지만 전반부에는 요상한 것들이 요상하게 와서 충돌한다. 그럼에도 사랑을 하면 아프다. '사랑하는데 어떻게 아픈가' 싶은 그 아리송함 자체가 속 터지게 아프다. 하지만 누굴 좋아한다는 건, 기분좋은 어느 맑은 날이 가슴에 한가득 들어와 있는 상태다. 청소하려고 손에 낀 고무장갑이 청소를 마친 후에 쉽사리 벗겨지지 않는 상태가 사랑이라면, 그나마 잘 벗겨지는 쪽이 좋아하는 거라고 볼 수도 있겠다. 좋아하는 게 노를 젓지 않고도 마음이 움직여 바다를 건너 섬에 안착하는 거라면, 사랑하는 건 눈동자에 물감 한 통이 통째로 주입되어 시야와 감정 모두가 그 색으로 물들어 빠지지 않는 상태를 말하는 것이겠다.

하지만 그 둘의 차이가 분명하다고는 누구도 말할 수 없다. 어쩌면 단지 양력 11월의 어느 날과 음력 10월 어느 날의 차이일지도 모른다. 사랑하는 것과 좋아하는 것은 차이가 있다고 할수록 희미하고, 또 차이가 없다고 할수록 선명하다.

누군가 나를 좋아하고 있다. 겸연쩍게도 그것을 아는 일은 어렵지 않았다. 마주칠 때마다 공기 같은 것으로, 또 같이 있는 것만으로 이내 화려해지고 마는 저녁 자리의 분위기로 알아챌 수 있었다. 서로의 공통점과 살고 싶은 삶의 방향을 이야기할 때도 나는 알아버렸다.

나도 마침, 그 사람을 좋아하고 있었다. 라디오를 많이 듣는 사람을 만난 것이 오랜만이었고, 비행기의 맨 뒷자리를 좋아하는 사람을 만난 것은 아주 드문 일이었기에 만났다는 사실만으로도 근사했다. 하지만 누구나 사랑의 대상이 일시적으로나마 필요한 시기가 있다. 조금은 더 절박하며, 조금 더 긴장하면서 쓸쓸한 시간을 연결할 수 있는, 극적인 사람과의 미치겠는 시간이.

누굴 좋아하는 것이 나 스스로에게 보내는 '알람'이라고 한다면 사랑하는 것은 내가 나에게 내리는 '명령'이다.

나도 누군가를 좋아한 적이 있다.

좋아하는 그 자체보다는, 오로지 누군가를 좋아하면서 파고들어가는 감정만을 좋아했던 적도 있었다. 하지만 그것이 사랑이었을 때는 달랐다. 파도의 높이도, 서로의 경계를 허물어뜨리는 파괴력도 충격적이었다.

그 굉장함은 사랑이 종말을 맞이하고도, 그리고 세월이 몇 겹으로 바뀌고 나서도 마음에 큰 빚을 지게 했다. 사람들은 그 갚을 수도 없는 빚을 '힘들다'라는 말로 건조하게 축약해 사용하곤 하지만. 모든 것이 끝나버렸는데 어떻게 어렵지 않을 수 있으며 그 어려운 상태가 고작 '힘들다'라는 것이라면 수제비를 먹고 나서 밀가루를 먹었다고 하는 것과 무엇이 다를까.

좋아하는 것도 사랑하는 것도 모두가 혼자, 시간을 몰아가서 어느 한 결승점에 도달할 수 없다는 면에서 그 둘은 어렵다. 좋아하지 않고 살기도, 사랑하지 않고 살기도 어렵다. 그 둘의 미묘한 뒷면과 뒤끝을 분간하는 일까지도 여전히 어려운 것처럼 말이다. 하지만 그 둘의 세계를 받아들이지 않는 상태를 산다면 삶을 방치한 채 꽤 오래 지루하게, 시간을 죽이는 일에나 매달려야 한다는 것도 우리는, 사실 모르고 있지 않은 것이다.

**바람에
동백나무가
잠시
흔들렸습니다**

제주에 정한 작업실에서 창문 밖으로 보이는 풍경은 말 그대로 가을
이었다. 마을 아래쪽은 먼나무가 일렬로 심어져 있었고 하늘은 한눈
에 다 담을 수 없을 정도로 넓고 드높았다. 이 동네의 돌담이 좋아 몇
번 걸으러 왔었는데 그날 이른 아침, 우연히 길에서 만난 할머니에
게 인사를 한 것이 지금의 작업실을 빌리게 된 기회가 되었다.

　— 할머니, 이 동네 참 이쁘네요.

　그러자 할머니가 눈도 안 마주치고 가던 길을 마저 가시며 뒤로
한마디를 던지셨다.

— 이쁘면 살든가…….

나는 지지 않고 물었다.

— 집이 있어야 살죠?

할머니는 어제 옆집이 이사 나가는 것 같았다며 잠시만 있어보라 했다. 옆집에 볼일을 보러 다녀오신 할머니는 자신의 집 마루로 올라오라고도 하셨다. 마루에 앉아 할아버지와 짧은 대화를 하고 있는 중이었는데 할머니께서 다짜고짜 밥솥에서 밥을 퍼 담으시더니 밥 먹고 이야기하자 하셨다. 밥 먹었어요, 라고 했지만 아침을 안 먹은 얼굴이라며, 그렇게 식사를 권하셨다. 그렇게 저렇게 해서 집주인과 연락이 닿았는데 집주인도 마침 시를 쓰시는 어르신이었다. 정말 인연.

벽지를 바르고 공간을 손질하고 마당을 치우고 여름을 졸업했다. 아, 책들을 옮기는 일도 했었다. 그렇게 저렇게 여름이 시들 무렵엔 그 집에 정을 붙이기 위해 살뜰한 노력 같은 걸 했다. 동백 몇 그루를 사다 심었고 구근 몇 뿌리를 캐다 심었다. 아침 새소리에 눈을 뜨고, 밤바람에 불을 밝히는 삶이 시작되었다.

그리고 얼마 후 아주 우연히 길 건너, 늘 시선을 향하곤 했던 동네에서 당신이 태어났었고, 당신이 유년 시절을 살았다는 사실을 알았다. 그 순간 난 얼마나 버둥거렸던지.

우리가 같이 찾았던 제주의 그때는 아주 너무 오래전이었고 제주의 동쪽이며 서쪽의 분간이 쉽지 않았으며 그저 해안도로만 따라 달리던 여행이었다. 그때 당신이 불쑥 그랬었다.

— 나 여기서, 어렸을 때 살았던 적이 있어요. 저 마을에서요.

아버지를 따라 가족 모두가 내려와 살았던 때가 있었는데 바람이 참 많이 불었다고, 그리고 살던 집 옆에는 먼 친척이 살고 있었다고도 말했다. 아, 그랬다. 나는 그때를 기억하지도 못한 채 무심히 이곳을 작업실로 정했는데 이곳과 그곳이 멀지 않았다는 거였다. 그래선가. 참 자연스러웠다. 이곳으로 몸을 옮기고 적응을 시작하면서, 어느덧 나도 모르게 이곳 바람에 마음을 붙여야겠다고 마음을 정한 것이.

한 사람이 살았던 곳을 바라보면서 지낸다는 것이 이렇게 힘이되는 줄은 미처 몰랐다. 한때 많이 좋아했고 존경하기까지 했던 사람이 살았던 자리였을 뿐인데 그곳이 나를 지켜주고 있다는 믿음마저 들었다. 자리가 사람을 선택하기도 한다는 말을, 땅이, 어느 한 사람을 기다리다 마침내 그 사람을 이사 오게 한다는 말을 이제는 믿기로 했다. 어느 해 질 무렵에는 늘 바라보기만 했던 동네 깊숙한 곳으로 발걸음을 옮겼다. 돌담을 따라 골목에 들어서면서 나는 벌써 그곳에다 집 한 채를 짓기 시작했다.

길고양이 한 마리가 나를 보자 도망가지도 않고 가만히 앉아 나를 지켜봤다. 인사를 생략하느라 인사하지 못했는데 고양이의 큰 인사를 받았다. 점심밥 짓는 냄새가 퍼지면서 벽에 비쳐들던 빛줄기가 도드라지는 사이, 꼭 그 집일 것만 같은 집 앞에 나는 서 있었다. 집터와 집의 생김은 사는 사람을 꼭 닮는 법이니까.

바람에 동백나무가 잠시 흔들린 것뿐인데 나는 숨이 가빴다.

한때 버거워했던 누군가의 집 앞에 서 있다는 것은, 그리고 집 안에 있던 그 사람이 식구들에게 다정한 말을 건네는 소리가 들려올 것만 같은 것은, 별안간 그 사람이 문을 열고 나올 것 같아 다리에 힘을 잃고 말 것 같은 것은…… 얼마나 황홀하도록 벅찬 일인가.

그 제주의 자그마한 집엔 몇십 년 전에도 몇백 년 전에도 그 사람이 살았을 것 같다. 그 사람의 전생에도, 그 전생의 전생에도 그 사람이 산 자리는 오래 그곳일 것 같다.

나를 많이 오해했던 사람.

그래서 한쪽으로 내가 많이 미워했던 사람.

바람에 동백나무가 잠시 흔들린 것뿐인데 그 사람이 온 것처럼 바람 향이 나를 툭 치는 것 같아 나는 뒤를 돌아다보았다. 바람의 향기보다 더 좋은 향기는 세상에 없다고 내가 언제 당신에게 나지막이 말했었다. 바람 부는 날을 제일 좋아한다고 당신도 말했었다.

아름다운 돌담길을 따라 작업실로 돌아오는 길. 당장 대파라도 사서 마당 빈 곳에 심어봐야겠다는 생각을 하면서 제주에서만큼은 취하지 않겠다는 다짐 같은 걸 했다. 풍경에도, 사람에도, 술에도.

매일 밤 보름달이 뜬다 해도 까짓거, 취하지 않으리라…… 그렇게, 그렇게 다짐했다.

10분 동안만
나를
생각해주세요

10분 걸으면 닿는 단골 가게.

나만 아는 10분 거리의 산책길.

사과 한 개를 음미하거나 노래 한 곡을 연속해서 듣는 10분.

그러니까 우리는 "만약에 한 달만, 딱 한 달만 살 수 있다면 뭘 하고 싶어?"라고 묻는 것보다는 "단 10분간만 살아야 한다면 뭘 어떻게 하고 싶어?"라고 묻는 편이 나을 것만 같다. 한 달이라는 시간이 우리가 하고 싶은 것들을 생각만 하고 늘어놓기에 분주한 애매한 시간이라면 10분이라는 시간은 절박하고, 선명하며, 그만큼 간절할 수 있기 때문이겠다.

약속한 시간, 시간이 되어도 그 자리에 나타나지 않는 사람을 꾹 참고 기다려야 하는 경우. 물론 우리는 '지금부터 10분만 더 기다렸다가 오지 않으면 그때 일어나야지' 하고 속으로 다짐하기도 하고 또 마침 그 10분 만에 사람이 도착하기도 한다.

긴 호흡으로 10분 동안을 기다렸다 먹어야 제맛이 나는 음식도 있다. 오븐에서 막 꺼낸 뜨거운 양파 파이나, 공기가 통하지 않는 병 안에서 수년 이상 숨을 쉬지 못했던 포도주가 그렇다.

언제나 나에게, 또는 우리에게 절실히 필요한 건 한 시간이 아니라 10분인지도 모른다는 생각에 휩싸이기 시작했다.

10분을 가만히 있지 못하는 병에 걸린 우리, 그리고 당신. 당신과 우리는 그 10분을 견디지 못할 뿐만 아니라 자주 무시한다.

'나'를 견디지 못하는, 스스로를 무거워하는 당신이라서 그 10분을 가벼이 여기는 것인지도 모르는 당신에게 나는 이제 10분이란 시간 안에 얼마큼의 연료가 들어 있는지를 말하려 하는 것인지도 모르겠다. 10분 먼저 출발하거나, 10분만 늦게 출발했더라도 우리는 큰 소나기를 안 맞을 수도 있었다. 내가 10분만 늦게 태어났더라도 당신과 생일이 같아서 당신의 운명과 나의 운명이 같을 수도 있었을 거란 가능성과 당신이 10분 먼저 그 자리를 빠져나올 수 있었다면 나와 같이 오래 밤길을 걸을 수도 있었을 거란 사실을 생각하면 그 10분에 중요한 것이 충분히 담겨 있는 것만 같다.

중국의 어느 도시에서, 다시 기차를 타고 먼 외지로 향하는 길. 그 낯선 도시에서 만나 기차를 같이 타기로 한 사람은 10분을 늦어서 예약해둔 기차를 탈 수 없다고 했고, 두 시간 반 뒤에나 출발하는 다음 기차를 탄 후에 나를 뒤따르겠다고 했다.

기차를 타고 자리에 앉으니 맞은편 자리에 갓 스물은 되셨을까 싶은 스님이 앉아 계셨다. 털실로 뜬 모자를 쓰고 계시길래 못 알아봤는데 천천히 차림새를 보니 여승이었다. 나는 생각했다. 아, 10분을 늦은 사람 때문에 그 기차표가 이 스님에게 넘어갈 수 있었구나. 독특한 복장을 하고 맞은편에 앉아 있는 한 사람으로 인해 전후 사방의 풍경이 더 이국적으로 다가올 수밖에 없었다. 나는 스님과 필담으로라도 이런저런 이야기를 하고 싶었으나, 그것은 나의 일방적인 호기심일 것이라 그만 그쳤다. 스님은 창밖의 풍경에 아랑곳하지 않고, 기차가 달리는 내내 긴 잠에 빠져 계셨기 때문이기도 했다. 어린 스님의 잠든 모습에서는 한 여성이 거느릴 수 있는 일말의 차가움이랄지, 도도함 같은 거라곤 찾아볼 수 없는데다, 그냥 어린 사슴 같기만 해서 덜컥 내 마음이 작아지곤 했다. 스님이 잠결에 털모자를 벗었는데 정수리에는 종교적인 문양의 문신이 새겨져 있었다. 저 큰 문양을 새기느라 많이 아팠을 것 같았다. 나는 스님 맞은편에 앉았다는 특권만으로 무례하게 사진을 찍을 수도 없는 상황이니 잠든 스님의 모습이나마 기억하기로 하고 찬찬히 훔쳐보기만 했다. 성직자가 아름다운 것은 그들이 철저히 혼자인 삶을 살아서겠지, 라는 별생각도 아닌 생각으로 기차와 함께 흔들리면서 말이다.

세제를 푼 물에 10분 동안 담근 후에나 지워지는 얼룩이나,
문자 메시지 따위로는 도무지 안 될 것 같아서 통화를 해야 하는,
그것이 10분이나 이어지는 미묘한 일들.

10분 동안 공원 벤치에 앉아 있거나, 10분 동안의 낮잠이라거나.

내가 그 한 사람에게 빠지는 시간은 순간이었지만
그 감정이 그 사람에게 슬로모션의 속도로 옮겨가 전해지던 10분
동안의 기류라거나.

내가 당신이 보고 싶어 떠올린 지
정확히 10분 뒤에 도착하는 당신의 짧은 문자 메시지.
그것은 '빛의 속도'를 닮은 너무나도 인간적인, 감정의 타이밍.

10분 동안 잡고 있었던 당신의 손은 또 어땠던가.
'10분만 손잡고 있을게' 하고 허락받고 잡았던 그 유효함을 빌려와
그 10분 동안 모든 것이 익을 대로 익다가
후드득 모든 것이 지고 말았던 짧은 사랑의 유통기한이라거나.

누군가 나에게 이제 10분 동안만 살게 되었다며
당장 무얼 하고 싶냐고 한다면
10분 동안만 날고 싶다고, 실컷 날고 싶다고 그리 말해도 된다면.

나는 내가 쓴 문장 한 줄을 10분 동안 바라보는 직업을 사는 사람이다. 무슨 직업이 그러냐고 묻는 사람도 있겠지만 당최 내 직업은 그렇기만 하다. 그렇다고 그것이 유의미한 일이라거나, 그래서 힘든 일이라고 말하려는 것은 아니다. 그렇게 10분을 바라보다 세상에 내보내는 일을 하는 사람. 10분 동안을 더 가열해야 하는 음식도 있듯이. 연인과 함께 더 있으려는 침실에서의 10분이 애틋하듯이.

이번에 도착하는 지하철이 아닌 10분을 더 기다린 후, 다음 지하철을 타야만 우리가 간절히 원하는 인생에 도착할 수도 있다. 그것이 어떤 우연을 빙자한, 의도를 내비치고 있더라도 당장은 그 방법만이 나를 좋은 시간대로 견인할 수 있을 것 같아서다.

정시에 맞춰져야만 톱니바퀴가 맞아 돌아가는 사람의 일이란 죽을 맛인 것이다. 그러니 당신과 내가 만날 때면 저녁 7시에 만나는 것도 좋겠지만 저녁 7시 10분에 만나면 어떻겠냐고 물을 것이다. 그러고는 서로 먼저 와서 기다릴까봐 나나 당신이 10분 먼저 그 자리에 와 있을지도 모르겠다. 10분 뒤를 생각해서겠다. 그것도 다 좋아하는 마음 때문이겠다. 정각이라는 시간 개념은 왠지 우리를 일치시킬 것 같지도 않으려니와 왠지 많은 사람들의 바지런한 기운들이 정신없이 몰리고, 소모되어 닳아버린 것만 같은 안내판 역할이나 하는 것이니까. 우리만의 방식으로 돌아가는 시계에 맞춰 스며들게 하고, 얼기설기 맞춰나가야 할 운명의 여분이 우리에겐 아직 더 남아 있는 것 같으니까.

그동안 모른 척했던
나 자신이라는 풍경

만약 우리가 사람이 많지 않은 곳에 살게 된다면. 예를 들어 깊은 산골이라든가, 인적이 아주 드문 바닷가 마을에 산다면 우리는 외로울 것이고, 자주 사람이 그리울 것이다. 당연하게도.

몇십 년 전까지만 해도 북유럽의 핀란드나 노르웨이 하고도 북쪽 끝에 사는 사람들이 누군가와 이야기하고 싶은 마음이 간절한 나머지 보름에 한 번, 장이 서는 날이면 특별한 용무가 없더라도 먼길을 나와 장 주변을 서성이곤 했었다는 이야기는 참 인상적이다.

그곳에 사는 사람들은 워낙 인구가 적은 탓에 사람끼리 부딪치는 걸 있을 수 없는 일이라고 생각한 나머지 1미터 거리 안으로 사람이 들어오면 극심한 불안감을 느낀다. 그래서 버스를 기다릴 때도, 공원에 앉아서 쉴 때도 우리 기준으로 보기에는 상당한 거리를 두고 각자의 위치를 점하곤 한다.

그럼에도 사람을 그리워한다는 사실만큼은 명백하다는 것, 가끔 북유럽을 떠올릴 때면 사람이 없는 곳임에도 사람과 연결된 그 강렬한 인상이 함께 떠올려지곤 한다.

어느 뜨거운 남국을 여행하고 있을 때도 나는 그 사실을 절감할 수 있었다. 내가 카페에 앉아 목을 축이고 있던 중에 옆자리에 앉은 어느 노부부가 말을 걸어와서 대화는 시작되었다. 노르웨이에서 왔다고 했다. 그들 부부는 자신들이 떠나온 노르웨이 북단의 현재 기온이 무려 영하 32도라고 하면서 이곳은 영상 32도가 아니냐며 말문을 열고 있었지만 실은 사람을 그리워하는 간절함을 숨기지 못하고 나하고 대화를 시도하는 것 같았다. 그들이 하는 말의 양은 실제로 엄청났다. 단순히 카페 옆자리에 앉은 사람들끼리 할 수 있는 이야기의 범주를 넘어 처음 본 나를 자신의 집에 꼭 초대하고 싶다고 했다. 내가 말을 잘못 꺼낸 것일까. 북유럽의 겨울을 특별히 좋아한다고 했더니 나에게 언제 올 수 있겠냐고 다이어리를 펼치기까지 했으니, 참. 대놓고 말리자니 좀 그래서 멀지 않겠느냐는 표정을 지어 보이며 "오슬로에서 멀지요?"라고 물었더니 여덟 시간밖에 안 걸린다고 했다. 만약 그 자리에서 술 한잔을 나누기까지 했더라면 취중에 실로 엄청난 약속을 하고 마는 자리가 됐을, 그만큼이나 과하고도 묘한 분위기였다.

　사람을 피해서 떠난 나와 사람을 찾아 떠나온 노부부.
　두 길의 감성 차이는 선명했지만, 살고 싶어하는 방향이나 온도는 다르다고 냉정히 말할 수 없을 것 같았다.
　나는 핀란드의 북쪽 끝 로바니에미의 산타마을까지 올라갔다가 만난 어느 호숫가의 풍경을 잊을 수 없다. 꽁꽁 언 호수 일대는 물론, 엄청난 키의 침엽수림까지 온통 흰 눈으로 뒤덮여 있었는데 인적 없는 그곳에 난데없이 작은 통나무집 하나가 나타났다. 일단은 문이라는 게 없었고 낮인데도 안에서는 옅은 불빛이 새어나오고 있던 터라 쉽게 안으로 들어갈 수 있었다. 불을 지필 수 있도록 벽돌을 쌓아 만든 공간을 가운데 배치해두었고 한쪽 벽에는 장작이 한가득 쌓여 있었다. 불을 피우는 장소라는 건 알겠는데 대체 무엇을 하는 곳일까. 나 같은 사람은 궁금해할 수밖에 없는 공간이었다.

이 통나무집은 그곳을 지나가는 사람 누구나, 불이 필요하거나 몸을 녹이고 싶을 때 사용할 수 있었다. 차를 마시고 싶을 때나 도시락을 먹고 싶을 때도 불을 친구 삼아 찬바람을 막을 수 있는 통나무집. 그런 곳을 아무나 무료로 이용할 수 있다는 사실과 한쪽에 성냥까지 놓여 있다는 사실은 정말이지 아찔하기까지 했다, 나로서는. 이런 것이야말로 세상 가장 먼 곳까지도 밝히는 불빛이 아니고 무엇이겠는가.

나 역시 불을 피우며, 그것을 기획하고 준비하고 설치한 사람의 마음은 어떤 것일까 궁금하여서 떠나고 싶지 않은 마음이 절절 끓곤 했던 작은 나무집 한 채.

말이 많은 사람을 신뢰하지 않는다는, 4분 5분 동안 혼자 이야기를 하면 속으로 뭔가를 숨기려고 저런다고 믿는 핀란드 사람들의 민족성은 그들을 세상에서 제일 말이 없는 사람으로 만들었다. 물론 그 과묵함의 힘에 의해서인지는 몰라도 술을 제일 많이 마시는 민족으로 등급이 매겨지기도 했다. 그런 사람들이 인적이 드문 곳곳에 통나무집 한 채씩을 만들어낸 것이다.

우리나라라면 무엇이 좋을까. 나는 우리나라의 아름다운 산 정상에 거울 하나쯤이 설치되었으면 좋겠다고 생각한다. 거울은 크면 클수록 좋겠지만 전신이 다 들여다보이는 정도라도 좋겠다. 힘겹게 오른 산 정상에서 하늘과 산 아래의 풍경을 사진으로 담는 것도 좋지만 바로 우리 자신의 모습을 들여다볼 기회가 있었으면 하는 바람에서다.

거울을 보면서 헝클어진 머리를 정리해도 좋을 것이고 그냥 온몸에 힘이 풀린 채로 실없이 웃기만 한다 해도 좋을 것이고 지나온 세월과 앞으로 다가올 바람에게 말을 걸어도 좋겠다. 자신의 모습을 바라보면서 대견해해도 좋을 것이며 행여 자신의 모습을 바라보면서 쓸쓸함에 빠지더라도 난데없이 세워놓은 큰 거울 하나를 통해 우리가 우리 안쪽에 진 빚이 어느 정도인지를 조금은 알아갔으면 한다.

나 자신이라는 산봉우리와
나 자신이라는 풍경과
나 자신이라는 넓이에 대해 조금은 알고 내려왔으면 싶은 것이다.

우리는 산에 너무 힘겹게 올라가서는 너무나도 쉽게 산에서 내려오고 마는 것 같아서 하는 이야기다. 산 정상이나 바다 한가운데에 서서 우리가 아무 장애물 없이 멀리 바라보고 서 있다는 것은 마침 우리에게 좌표가 필요하기 때문이라는 걸, 영 모르는 눈치라서 꺼내보는 말이다.

**매일 한 번은
최후를
생각해둘 것**

깊은 밤, 집 안 정리를 하다 우연히 발견한 오래된 상자 안에는 플로피디스크들이 잔뜩 들어 있었다. 플로피디스크가 USB로 대체된 지도 오래됐지만 주로 그곳에다 한글 문서들을 저장하곤 했던 시대가 있었다.

　파일들을 하나하나 불러 모아 컴퓨터에 저장하다보니, 원고 분량이 산더미 같았다. 시 원고를 비롯한 습작기의 여러 원고들은 물론이고 스크랩한 기사라든가, 왜 저장해놓았는지 모르겠지만 누군가에게 쓴 편지라든가, 어딘가로 보냈던 짧막한 원고들…… 그 가운데 가장 많은 부분을 차지하고 있는 것은, 방송일을 하면서 썼던 라디오 원고들이었다.

물론 하나하나 읽어보기엔 양도 많았고 너무 오래된 것들이라 슬쩍 모른 척 미뤄놓는 게 차라리 자연스러웠지만(어느 한편으로는 삭제 버튼을 누르고 싶은 충동을 여러 번 느꼈지만), 여러 명의 라디오 디제이들이 읽었던 원고 안에는 군데군데 '나'라는 사람이 어떻게든 숨쉬고 있었다는 사실이 조금 웃겨 그대로 두긴 두었다.

원고를 옮기고 새로 저장하는 과정을 통해 지난날의 내가 어땠던가를 돌아보면서 조금 더 웃었다. 웃긴다고 말하는 것이 참 방관적이지만 지나간 일들은 어쨌든 많은 부분 웃기기 마련일 터인데, 그조차 인생이라는 보온병 안에 쌓이고 쌓이는 것만 같다.

어느 먼 곳에서 방송 시간에 맞춰 원고를 써서 보냈던 일, 그때 그 무렵 누군가를 그리워했던 일, 누군가를 사랑했던 맑은 날들과 누군가와 이별했던 칠흑 같은 나날들. 그리고 나에게 아직 도착하지 않은 불투명한 미래에, 입김으로나마 말 걸기.

그랬다. 나는 다른 사람들이 쓰는 일기 대신 하루하루 방송 디제이의 역할을 빌려 내 이야기들을 쏟아놓고 산 시절이 있었다. 문득 내 부족했던 원고를 소중히 읽어준 그 사람들이 그리워져서 괜히 나도 모르게 어질러진 방 안을 둘러보며 쓸쓸해지는 밤이었다.

몇몇 얼굴들도 스쳐지나갔다. 존재만으로 초롱했고 또 인간적으로 든든했던 신해철 씨, 너른 마음이 하염없이 빛났던 유희열 씨, 많은 서랍들을 가지고 있어 어느 걸 열어야 할지 잘 모르겠는 이소라 씨, 여러 밤 술잔을 나누었던, 내게 먼 불빛 같던 김광석 형.

오래된 원고 파일을 옮기다가 그때 어떤 시를 참 좋아해서 자주 방송에 인용했던 기억도 되살아났다. 이상희 시인의 「가벼운 금언」 이라는 시의 일부인데 그 내용은 이렇다.

하루에 세 번 크게 숨을 쉴 것,
맑은 강과 큰 산이 있다는 곳을 향해
머리를 둘 것,
머리를 두고 누워
좋은 결심을 떠올려볼 것,
시간의 묵직한 테가 이마에 얹힐 때까지
해질 때까지
매일 한 번은 최후를 생각해둘 것.

이 몇 줄의 글을 책상 앞에다 오래 붙여두고 이것을 한때의 나의 기준으로 삼으며, 나의 방향으로 믿었던 시절을 생각하자니 코끝이 시큰거리기까지 했다. 이사를 할 때도 책상 정면에 붙여놓은 그 빛 바랜 종이를 떼어다가 이사 간 집 책상 정면에 붙여놓고 다시 한참 을 바라봤던 때도 있었다. 나는 그 몇 줄로 인해 어떻게든 변했을 것 이고 글을 쓰면서는 흰 모니터 속 커서의 깜빡거리는 횟수만큼을 간 절히 살았을 것이다. 하지만 지난 시간들을 돌이켜보면 나는 나를

크게 변화시키지 않았고 그렇게 간절히 원했던 다른 세계에 속해 살지도 않았으며 그저 겨우 덧대며 살아온 것은 아닌가 싶은 것이다. 구멍이 나면 꿰매고, 해어지면 깁고, 그래도 허술해진 면이 크게 드러나면 아무거로나 가리면서.

그렇게 근근이 나를 끌고 온 것은 아닌가 싶은 것이다.

하지만 바로 그만큼의 그것이 나는 아닐까.

작가 앙리 프레데릭 블랑의 말처럼 "산꼭대기에서 장관을 보여주는 것 외에는 아무런 쓸모없는 히말라야처럼, 별 쓸모는 없을지라도 그 자체가 진실"인 것이고, 그것이 나 자신일 것이다.

그렇다면 나는 이제, 어떻게, 살아야 하는가.

하루 세 번 숨을 크게 쉬고, 좋은 결심을 떠올리며, 매일 한 번 최후를 생각하고는 있는가.

하지만 역시도 이런 질문은 지난밤, 무더기로 발굴된 원고 더미 속 그 오래된 시간 속에서도 수도 없이 내뱉고, 되뇌곤 했던 중얼거림이 아니었던가 말이다.

좋은 날의
증거들

날씨가 어떤지 보려고 창문을 여는데 지나가던 많은 사람들이 일제히 우산을 폈다. 비가 갑자기 내려서였겠지만 일제히 내 신호를 기다렸다가 추기라도 하는 군무 같았다. 이런 깜찍한 순간을 만나기 위해 나는 인생을 살고 있는지도 모르지……. 얼른 사진을 찍고 싶었지만 나는 당장 휴대전화 하나 없었다. 굵게 비가 왔다. 주룩주룩.

비 내리는 거리를 내다보며 나는 이런 사진 콘테스트를 하나 만들면 어떨까 하고 생각했다.

참가자들은 필름 카메라와 필름 한 통을 준비한다. 요즘은 필름 카메라를 즐기는 사람들이 꽤 있으니 주변 사람들에게서 자동 필름 카메라 같은 걸 빌려도 좋겠다. 카메라를 준비했다면 카메라에 필름 한 통을 장착하고는 찍기 시작하면 되는데 주제는 자유다. 단, 한 장의 사진이 아닌 필름 한 통에 찍힌 사진 전체가 심사 대상이 된다.

필름 한 통으로 한 사람의 얼굴을 계속해서 찍어나가도 좋겠다. 매일매일 조금씩 변해가는 파란 하늘만 찍어도 좋고 학교나 학원 가는 길, 혹은 매일 방에서 바라보는 같은 시간의 창문 밖 풍경을 담아도 좋다. 그게 아니라면 스토리 하나를 정해서 한 장 한 장 스토리를 따라가는 단편영화 같은 연출이 담긴 사진들이어도 무방하다. 그리고 현상 혹은 인화를 거치지 않은 상태에서 촬영한 필름을 통째로 접수하면 되는데 접수처는 내가 주인아저씨로 있는 카페 〈마이달링 커피〉쯤으로 하고 싶다.

필름을 접수할 때는 이름과 연락처만 명기하고 사진의 설명이나 작품 의도를 굳이 따로 적지 않아도 좋겠다. 그리고 나는 정성스레 커피 한 잔을 내려주는 것으로 접수증을 대신하는 것이다.

아마도 심사를 맡게 될지도 모를 나는, 접수된 모든 필름들을 현상소에 맡긴 다음, 두근두근 필름들이 멋진 사진으로 태어나기를 출출한 마음으로 기다릴 것이다.

어느 사람의 필름에는 유독 사진 한 장만이 굉장히 아름다울 수도 있겠다. 어느 사람의 필름에는 이야기가 넘치고 넘쳐 주인공이 궁금한 나머지, 만나서 이야기하고 싶어지는 충동이 이는 경우도 있겠다. 또 어느 사람의 필름은 아쉽게도 필름을 잘못 넣은 것인지 아무엇도 찍히지 않은 채로, 그저 하얗게 허탈하기만도 할 것이다.

한 장 한 장 셔터를 누를 때마다 심장이 두근거리는 소리를 듣게 하고, 마치 원고지 스물네 장에 한 자씩 글자를 채워나가면서 가슴 뛰는 것 같은, 그런 순간들을 만나보라고 하고 싶다.

상금을 대신해 아이슬란드 왕복 항공권을 선물로 안겨주는 그런 축제 하나를 만들고 싶다. 삶은 작은 순간들로 이루어진다는 말을 믿기로 한다. 계절이 주는 착한 신호들이 사진 안에 탐스럽게 내려앉았으면 한다.

오래가는 것이 무엇인지를 염두에 두게 되기를, 그것이 얼마나 힘이 되는지 불안을 앓고 있는 청춘이 알게 되기를. 한 장 한 장 사이의 이동 거리가 모이고 한 장 한 장 사이의 시간 차를 밟으며 필름 한 통을 다 쓰는 동안, 꽤 괜찮은 시간을 사용했음을 알게 되기를.

상기된 얼굴로 찾아온 당신이 "필름 접수하러 왔습니다"라고 말하면 나는 그 소리를 "여기서 가까운, 편지 부치는 곳은 어딘가요?"라는 우아한 말로 잘못 들을 것이다. 그리고 나는 그 편지를 다 읽고 나서는 "이건 편지가 아니라, 한 권의 책이군요" 하는 착각의 마음을 가질 것이다. 그리고 그날 밤은 나에게 필름만 맡겨놓고 통 연락이 되질 않는 한 사람에 관한 꿈을 꿀지도 모르겠다.

사진은, 우리가 축소하려는 자유에 대한 갈망을 지속하라고 알려주며, 누르고 가두려는 본래 모습을 잃지 말라며 우리를 계속해서

뒤척이게 해준다.

　가면을 쓰고 살기보다는 민낯으로 살기에 이 세상은 이미 충분하다고, 세상이 이렇게 아름다운데 어떻게 이 세상을 혼자 건너가겠냐고……. 이런 근사한 메시지를 포함하여 사진은, 삶의 순간순간을 착하게 대면하게 해줄 것이다. 그러니 세상이 침침하거나 두려울 때가 오면 카메라를 들어 안으로 건너다보이는 세상에 눈 맞추면 된다.

　디지털의 잔치에 정신의 중심을 허망하게 빼앗기느니 잠시 잠깐 빌려서라도 필름 카메라를 가져봤으면. 필름 한 통, 그 스물네 장의 이야기 위에다 우리가 기다리고 기다리는, 대답이 살포시 쌓이게 했으면.

　필름 사진에는 쨍함이 없으니 오만도 없을 것.

　어떻게 어떤 사진이 나올지 모르니 찍으면서 조금은 떨릴 것.

　그것이 무엇이더라도, 지금 당장 우리가 간절히 기다리고 있는 것은 잔혹한 아름다움일 것.

칼칼한 날에
나를 덮어주던
음식

어느 먼 곳에서 목이 마르면 물잔 하나를 샀다. 그 밤이 너무 쓸쓸할 것 같을 때도, 술 한잔 같이하고 싶은 친구를 꾹꾹 그리워하면서 역시나 술잔 하나를 샀다.

종일 찬바람을 맞아서 목이 칼칼하거나 몸살 기운이 닥쳤을 때는 국을 담기 좋은 움푹한 그릇을 샀으며 도무지 음식이 입에 맞지 않는 날에는 칼을 사기도, 도마를 사기도 했다.

사면서 슬프기도 했으며 조금 나아지기도 했으며 그런 와중에 또다시 허기 속으로 함몰되기도 했다.

그것들을 모으기 시작한 지도 꽤 많은 시간이 됐으니 스무 사람, 서른 사람을 집에 초대한다 해도 그릇 걱정은 하지 않을 정도가 되었다. 그 양 때문에라도 식당을 차리거나 카페를 열지 않으면 안 될 것만 같은 충동이 여러 번이었다.

어느 날은 그 많은 그릇들이 빼곡하게 쌓인 선반을 보고 있자니 지난날들이 추레하게 느껴졌다. 저 많은 것들이 내가 목이 마르거나, 배고팠을 때 하나씩 사 모은 거라니. 짝을 맞추거나 비슷한 계통으로 분류하기엔 그저 하나하나가 다 다르게 생겨먹은 그릇들은, 저마다 강력한 '절대의 혼자'임을 주장하고 있어 보였다.

어쩌면 수많은 또다른 나를 한곳에 모아둔 것 같기도 하고, 아주 먼 곳에서 데려온 시간들이 그릇 안에 담겨 있는 것 같기도 했다. 멀거니 시간을 들여다보는 일보다는 추억이라도 챙겨보는 일이 더 낫기는 할 텐데 아쉽게도 그 그릇들에다 뜨거운 음식을 담아, 뜨겁게 나눠 먹었던 사람들은 이제 거의 만나지 않게도 되었다(아쉽게도라고 쓰자니 뭐 그리 아쉬울 일인가도 싶다. 우리 모두의 연은 그저 물에 비친 그림자이거나, 비행기 위에서 내려다보는 구름 따위 아니던가).

아주 먼 곳에서 불쑥불쑥 생각나는 음식들은 수를 헤아릴 수 없을 정도로 많지만 나는 아주, 자주 계란말이를 떠올린다.

계란을 깨뜨려 용기에 담으면서부터 소금을 풀어, 젓기까지의 재미하며 프라이팬에 달궈진 기름과 풀어놓은 계란이 한배를 타면서 풍기는 그 구수함이며 무엇 하나 안 이쁜 과정이 없다. 그렇게 다 완성된 한 조각을 접시에 담고 마침내 입안에 가져갈 때까지 나는 입에 하염없이 고이는 침을 아끼지 않고 삼키고 삼킨다.

나의 허기를 가장 잘 채워주는 음식은 계란말이다. 아마 가장 손쉬운 요리이니 급할 때 감히 생각으로나마 엄두를 내는 것인지도.
날계란의 맛과 계란말이 맛의 '다름'과 차이를 알고 있는 사람이라면 아는 사실이겠지만, 날계란의 반대말은 '계란말이'이다.
아주 먼 나라에서 대책 없이 계란을 산 적이 있었다. 그냥 먹고 싶어서 샀지만 이른 아침 기차역의 한기가 나에게 전이되고 있어서였다. 하지만 기름 한 병을 사자니 그랬고 더군다나 프라이팬이나 불을 구하거나 빌리기엔 더 그랬다.
새하얀 계란 열 개가 담긴 비닐봉지를 들고 점퍼 주머니 속에 넣어둔, 기내식에 딸려 나왔던 소금 봉지나 만지작거리며 역 주변을 걷고 또 걸었을 뿐, 계란말이는 너무나 먼 음식이었다.

계란말이 한 줄이면 살 것 같았다. 아무런 음식 따위가 아닌, 그 추운 날에 노랗고 노란 계란말이 한 줄이면 금방이라도 아이를 낳을 만큼, 힘이 날 것도 같았다.
식당에 들어가 주방을 빌려볼까도 싶었지만 용기가 나질 않았다. 용기의 문제가 아니라 방식의 문제였겠지만 나는 황금빛 계란말이를 끝내 먹지 못하고 노인 혼자 운영하는 것처럼 보이는 식당 문 앞에다 쓰시라고 어수룩하게, 계란 봉지를 두고 왔다.

그후로 내게 생긴 버릇은 기내식을 먹을 때 비빔밥에 딸려 나오는 참기름이나 샐러드에 나오는 올리브유 같은 것을 일단 챙기고 보는 것. 계란은 사면 되고 팬과 불만 있으면 될 것 같으니까.

　어떤 계란프라이의 장인은 : 계란프라이를 할 때는 계란을 냉장고에서 꺼내 실온에서 30분 이상을 놔둘 것. 팬에 기름을 두른 뒤 기름을 최대한 따라 버릴 것. 계란이 익기 시작하면 뒤집지 말고 작은 뚜껑으로 계란을 덮은 뒤 약불로 1분 30초간 가열할 것. 이것이 계란프라이의 달인이 권하는 비법이긴 하지만 아무래도 괜찮다.

　또 어떤 소설 쓰는 후배는 포장마차에서 계란말이가 아닌 계란프라이를 주문해 먹는 버릇이 있는데 그 또한 "왜 먹을 것들이 많은데 계란프라이를?" 하는 마음을 일순간 수긋하게 해준다. 계란이라서 가능하다. 계란이라서 채워진다.

　그러고 보니 내가 사 모은 세상의 모든 접시들은 계란 요리를 담기 위해 산 것들이라 해도 무리는 아니겠다. 내가 만약 최후의 만찬에 초대를 하거든 나의 애정하는 친구들이여, 너무 계란 요리만 차려놓았노라고 서운해 마시라. 세상이 쓸쓸하면 쓸쓸할수록 세상이 매우면 매울수록 그렇게 그만한 것은 없을 테니.

내가 바라는 건 하나,
오래 보는 거

밥을 먹을 때 그 사람과 함께여서 맛이 두 배가 되는 사람이면 좋겠다. 별 음식도 아닌데 그 사람하고 함께 먹으면 맛있는, 그런 사람이 옆에 있으면 좋겠다. 슬픔을 아는 사람이면 좋겠다. 슬픔을 알더라도 드러나지는 않지만, 또 어딘가에는 슬쩍이라도 칠칠맞지 못하게 슬픔을 묻힌 사람이면 좋겠다.

기차를 타고 여행을 떠났을 때, 기차 창밖으로 우연히 죽어도 좋고 살아도 좋을 것 같은 곳을 만났을 때, 그곳의 지명이 무엇인지 정확히 알기 위해 다음 역에서 내려서는 다시 되돌아가는 기차를 타고

그곳에 내려도 좋겠다. 그 이름을 알게 된 나는 먼 훗날 언젠가의 당신에게, 당신과 함께 그곳에 가고 싶었노라고 알릴 수 있게.

그런 사람이 옆집에 살았으면 좋겠다.

한 사람이 여행을 가면 대신 식물에 물을 주고, 그 한 사람이 여행에서 돌아와 문을 열면 빈집 식탁에 채 식지 않은 음식 한 접시가 조심스레 올려져 있어도 좋을, 그런 거리에 누가 살고 있으면 좋겠다. 그렇더라도 바로 고맙다고 인사를 건네지는 않아도 좋으며, 아주 가까이에 마음을 두지 않았으면 싶다. 두 집 사이의 가운데에는 단풍이 아름다운 나무를 심고 그 나무에 잎이 나고, 그 나무가 푸르게 되고, 붉게붉게 물드는 이후까지를 함께 따로 바라봤으면 한다. 아니다. 차라리두 집 사이에 숲이 있었으면 좋겠다. 각자의 뒷모습을 공유하는 사이였음 좋겠다. 그 뒷모습 안쪽에 사람의 사람다운 냄새를 숨긴 사람이면 좋겠다. 밥 먹었니, 라는 말을 자주 하는 사이였음 좋겠다. 허기로 당해낼 일은 세상에 얼마 없다는 사실을 서로 알았으면 좋겠다.

멍하니 꽃을 들여다보고 있을 때 내 옆에 와서는 "이 꽃 이름은 뭐지?" 하는 사람이면 좋겠다. 담장을 넘어서 피어 있는 꽃 한 송이를 슬쩍 꺾을 수 있는 사람이면 좋겠다. '그건 안 돼'라든가, '남의 것을 건드리면 어떡해' 같은 투로 도덕책 읽듯 말하지 않았으면 좋겠다. 누구나 다 아는 명백한 사실 앞에서 무심히 자유로운 마음을 앞세울 수도 있는 사람. 그럴듯하거나 그럴 만한 별 기분도 아닌 상황에서 팝콘 터지듯이 웃어젖히는 사람.

아무 눈치보지 않고 아무데나 털퍼덕 잘 앉는 사람이면 좋겠다. 털퍼덕 앉으면서, 서서히 뭔가 마음의 작동을 시작하는 사람. 아침부터 저녁까지 계속 흥얼대는 노래 한 소절을 누군가 아무리 말려도 계속 흥얼대기만 하는, 나사 하나 빠진 자신을 숨기지 않는 사람.

벌이 날아들었을 때 "움직이지 말고 그냥 눈감고 있어" 하고 내가 소리치면, 나를 믿고 벌이 떠날 때까지 눈을 감은 채 가만히 있어주는 사람이면 좋겠다. 유행하는 것에 자주 지갑을 여는 사람보다 지난 유행이라도 과감히 그걸 자기 것으로 소화해 즐길 줄 아는 사람이면 좋겠다. 나에게 오지 않아도 좋고, 나를 좋은 친구라 인정하지 않아도 좋으니 그렇게 믿는 거리에 있는 사람이었으면 한다.

잘하는 게 많지 않은 사람.
사람 따위는 믿지도 않는 사람.
별들의 이름을 잘 못 외우고 경쟁과 계약을 싫어하고
비가 온다는 예보와 혼자 춤추기를 좋아하는 사람.

어떤 비밀에 대해 내가 이야기할 때 '누구한테 절대 이야기하면 안 돼'라고 못박지 않아도 좋은 사람. 멀리 떨어져 있어야 하거나 두 사람이 아주 완전히 분리될 일이 생길 때, 서로의 어떤 부분에 대해 남에게 함부로 말로 옮기는 일을 하지 않는 그런 사람. 평상시에는 보통 눈을 가진 사람이지만 다른 사람을 들여다볼 때나 세상을 내다볼 때는 광각렌즈와 망원렌즈, 모두의 사용이 가능한 사람.

내가 어떻게 될 때를 대비해야겠다 싶어 '나의 보물이 있는 곳에 찾아가는 길을 알려줄게' 하면서 흰 종이 위에 지도를 그려, 찬찬히 가는 길을 설명해주고 싶은 사람.

"나 대신 저 사람한테 말 좀 걸어줄 수 있겠어? 내가 마음에 들어 한다고 대신 말해줘"라고 부탁하면, 그 말도 안 되는 부탁을 전해보려고 애를 써줄 것 같은 사람.

그리고 우리는 당분간이든 영원이든, 정면이 아닌 대칭의 거리에 살고 있는 거라고 말할 수 있는 사람이 옆에 있으면 좋겠다.

이제는
정말로
안녕일까

참 많은 여행을 했다면, 지금까지와는 다르게 이제는 어떻게 어떤 여행을 하는가가 중요한 차례가 되었다.

여행을 많이 하는 사람들은 짧은 여행을 즐기지 않는다. 여행을 하면서도 정주하거나, 여행을 하면서도 그곳 사람들 속에 흠뻑 젖는 것을 선호한다. 거미도 짧게 있으려고 집을 짓지 않는다.

가을이었다. 상해를 가긴 가야겠는데 몇번째 가게 되는 상해를 똑같은 방식으로 다니고 싶지 않았다. 적당히 그럴 법한 곳을 기웃

거리다 오는 것은 상해에서도 또 그 어디에서도 많이 해봤기 때문이었다. 상해에 사는 동영걸董永杰 형에게 아무 식당이나 소개해달라고 청을 넣었다. 주방에서 이런저런 일을 도우면서 중국을 알고 체험하고 싶다고 아주 간절히 힘주어 말했다. 왜 주방이냐고 묻길래, "중국은 음식이죠!"라고 대답했다.

요리를 잘하지도(조금 한다 하더라도 중국 음식은 만들지 못한다), 중국어를 잘하지도 못하는 나의 주문에 형은 잠시 난감해하더니 그림을 가늠했는지 곧 고개를 끄덕였다. "그게 여행이죠!!"

동 형은 상해 대학교에서 일본어를 가르치는 교수로 있다. 대학 내에 큰 식당이 몇 군데 있는데 아는 주방장이 있으니 말을 넣어보겠단다.

내가 하고 싶은 일은 음식 만드는 공간에서 감각을 최대한 열고 가만히 서 있어보는 것, 그들에게 방해가 되지 않는 범위 안에서 가끔 단순한 일들을 돕는 것, 내 속셈대로라면 그들과 어울려 뜨겁게 술 한잔 나누는 것. 이것이 다였다. 그뿐이라고 한들 그것이 여행이 아닌 것은 아니었다.

사람들이야 "이젠 정말 중국 요리까지 배울 생각이군" 아니면 "카페를 한다더니 중국집을 열 생각이야?"라는 평범하고도 싱거운 참견 정도였으나 정말 배우는 것이 있더라도 그것은 어떤 식으로 쓸모를 갖추지는 못하지 싶었다. 다만 점점 무뎌지는 내 감각을 도끼로 내려쳐보자는 의도뿐이었으니 크나큰 기대도 없었다.

언젠가 오래전 중국을 길게 여행하던 중에 주방일을 하던 사람들

이 식당 뒤편에 나와 쉬는 시간 동안 공을 차면서 즐기는 모습을 감명깊게 바라본 적이 있었다. 느릿한 햇살 아래 놀이를 노는 그 모습은 더 가까이 들여다보고 싶은, 아니면 공처럼 뛰어들어가 한데 어울려 공을 차고 싶을 만큼 가히 인상적이었다(이 모습은 왕가위 감독의 어느 홍콩 영화에도 시적으로 표현된 적이 있다).

　언어는 쉽지 않았다. 아는 한자만 믿고 모든 대화를 필담으로 할수는 없는 노릇이었다. 식당 사람들에게 인사를 하려면 무언가 필요할 것 같아서 나는 준비한 한 박스의 라면 가운데 몇 개를 끓여서 먹자고 했다. 그들이 끓이겠다는 걸 내가 직접 하겠다고 손짓으로 말하고는 끓이기 시작했다. 그들에게 계란을 요구하면 계란을 깨서 가져왔고 파가 필요하다고 하면 쓱쓱 썰어서 가져다주었다. 그들이 맛있다고 엄지손가락을 세울 때, 나는 어떤 표정으로 답했을까. 맛은 그렇고 그랬을 텐데 누가 만들어주는 음식을 먹는 기분 때문에 그렇게 좋아해준 걸까.

　그들은 자신이 만든 요리를 제일 먼저 나에게 먹여주었다. 서로들 가져와 나에게 먹여보는 게 인사였다. 도대체 맛이 없는 게 없었다. 굉장한 열기가 지나가고 감정이 얼었다.

　그 가을을 나는 몹시 앓았다. 그 부엌에서 크게 덴 것이다. 불에 덴 것이 아니라 사람에 데어 온몸이 불덩이였다.

　식당 사람들이 한국을 떠올렸을 때 흔히 궁금해하는 김치 담그는 법도 가르쳐주었고 어느 비 오는 날은 떠들썩하게 김치전도 같이 만들어 먹었다. 내가 시장에 가고 싶다고 하면 한 친구는 오후 반차를 내고 나를 따라와서는 이것저것 흥정을 해주기도 하였고, 점심시간과 저녁시간 사이, 쉬는 시간이면 식당에서 의자를 붙여놓고 낮잠을 자던 사람들이 나와 동행해 학교 구석구석을 구경시켜주기도 했다. 말이 필요했지만 사실 말이 필요하지 않았다. 참 이상했다. 한데 뭉쳐 지낸다는 것은 그런 힘이 있었다.

그리고 나는 여러 가능성들에 대해 생각했다. 내가 돌아가지 않는 것과 그렇게 이곳에서 당분간을 사는 것. 그렇지만 이내 다시 이 사람들을 두고 머지않아 내가 떠나야 한다는 사실도 염두에 두었다.

식당 일이란 것은 몸으로 하는 일이 맞았다. 식당 안에는 의자 하나 없었고 누구 하나 쉬는 사람 없이 가동되고 또 가동되었다. 점심이나 저녁에 삼백 명이 넘는 손님들을 대접하기 위해서는 모두가 그러는 게 맞았다.

그러는 틈틈이 우리는 이야기를 했고 이야기를 하지 못하면 손짓 발짓으로 이야기를 했고 그러다 웃고 그랬다. 말이 통하지 않는 상황에서도 최선은 있는 법. 우리들은 그 최선만을 사용했다.

새로운 식재료가 보이면 난 그게 뭐냐고 물었고, 그들은 무조건 나에게 그걸 먹어보게 했다. 처음 먹어본다고 하면 그들은 흥미 있어 했다. 그들도 새롭다 싶은 재료가 나오면 나에게 들고 와서 '이거 먹어봤느냐' 물었고 나는 먹어봤다고 대답하면서도 재료를 든 손을 내 입으로 당겨 가져와서는 꿀꺽 삼키고는 웃었다. 낯선 곳에서의 '좋은 사람'의 의미는 당장은 나에게 잘해주는 사람일 것이고, 나에게 먹

을 것을 챙겨주는 사람일 것이다(세번째는 말 붙이고 싶은 사람). 단순한 사실이면서 당연한 사실인 것이, 말도 통하지 않는 어느 먼 곳에서 생면부지의 타인으로부터 받는 인심이나 관심들은 사실 기적에 가깝다.

냉채에 들어갈 야채들을 썰거나, 산더미 같은 그릇들을 정리해서 설거지 방에 옮기거나, 배달된 야채들을 냉장실에 정리하거나, 오십 개의 계란을 깨거나, 후식용으로 작게 썰린 과일들을 작은 접시에 착착 예쁘게 담는 일. 모든 일은 눈치로 처리되었다. 무거운 것을 드는 일, 행주를 빨아 기름때를 닦아내는 일…….

그 많은 순서들 중, 만두를 빚는 시간은 내가 가장 좋아하는 시간이었다. 식당에 있는 동안 시간이 된다면 만두 빚는 것을 가만히 옆에서 구경해도 더없이 좋겠다는 생각을 했었는데 역시 만두 빚는 일은 잦았다. 어려서부터 식구 모두가 둥글게 모여 앉아 만두를 빚어먹는 집안 분위기도 있어서겠지만 만두를 빚을 때면 몸 구석구석이 지르르해지곤 한다. 아마도 좋아하는 것 앞에서의 단순한 반응이면서도 밀가루 반죽이 손에 닿을 때면 슬픔이 구체적으로 만져지는 기분이 들기도 해서겠다. 모호함도 좋았다.

그래선지 식당에서도 만두를 빚는 날에는 눈이 번쩍 뜨였다. 가만히 밀가루를 반죽하는 일과 그 안에 뭔가를 채워넣고 열을 가해 한입짜리 요리를 탄생시키는 일은 굉장한 의식이었다. 하루는 상해 대학 안에서 일을 하는 여러 요리사들이 모여 만두를 빚는 날이 있었다(상해 대학은 학부에만 사만 명이 넘는 학생들이 공부하고 있으며 정원사만 오백 명이 될 거라고 전해 들었다. 그만큼 대학 안에는 여러 종류의 식당들이 많을 수밖에 없다. 그 자리는 그 요리사들이 모여 친선을 도모하는 요리대회였다). 만두를 빚는 날, 나는 놀랐다. 여덟 명이 따로 떨어져서 만두를 빚는데 모양만 아주 약간 다를 뿐 모두가 빚는 만두의 중량과 부피가 똑같았다. 세상에나, 입이 떡 벌어지는 순간이었다. 단 한 명의 만두 장인에게 배운 수제자들처럼 그것은 한결같았다. 고향도 나이도 성별도 일터까지도 모두 다른 사람들이 각자 만두를 빚어놓은 것인데 이리도 가지런히 같을 수 있다니.

사람이 좋다, 여기는.
사람이 좋다는 게 이렇게 좋을 수 있다니.
나는 미리 알지 못했다.

내가 이렇게밖에 중얼거리지 못하는 것은 상해는 사람으로 넘쳐나서이고 그 사람들은 저마다 이야기들을 갖고 있을 것이기 때문이다. 나는 이야기를 듣기 위해 엉덩이를 움직여 바짝 붙어앉거나, 혹은 이야기 안쪽으로 목을 빼넣어보는 중인 것이다.

그곳이라고 다르지 않았다. 시간은 유수와 같았다. 내가 떠나기로 한 날을 며칠 앞두고 식당은 술렁거렸다. 한 사람이 있다가 가는 것, 그리고 머문 만큼 정이 들 대로 든 것, 마침내 그 앞에 놓인 것은 이별이었다. 주방 사람들은 나를 스쳐지나갈 때마다 언제 또 오느냐고 물었다. 만두를 같이 빚던 한 친구는 작업대 위에 밀가루를 한 움큼 뿌리고는 내가 똑바로 알아듣게 '가지 말라'라고 한자로 썼다.

나도 이렇게 가기 싫으니 무슨 일인가 싶었다. 길 위에서 많은 사람들을 만나고, 마음을 나누다 결국엔 등을 보이고 돌아와야 하는 사람이므로 나는 겨우 '싸구려 이별의 달인'이겠지만 당장의 이별 앞에서는 나도 고통스럽다. 하지만 그 고통을 느낄 자격도 없는 사람이다. 언제나 남겨진 사람 입장에서는 도망가는 악역을 맡은 사람이니. 우리는 그 상황이 너무 혼란스러워서 차라리 이별을 하고 마는지도 모른다.

집으로 돌아오는 길엔 비를 맞았다. 방에 돌아와 몸에 달라붙은 셔츠를 벗는데 그날 자기를 잊지 말라고 적어준 주방 사람들의 한자 이름이 빗물에 번져 있었다.

마지막으로 식당에 나간 날, 부주방장 야오姚가 나에게 뭘 먹고 싶냐고 물었다. 갑작스러운 그 질문이 상황에 맞지 않는 것 같아 질문을 이해하지 못하고 그냥 서 있었다. 만두를 좋아한다고 말했다. 중국에서는 먼길 떠나는 사람에게 만두를 먹여서 보낸다고 설명을 곁들이더니 정말이지 세숫대야만큼 큰 그릇에 만둣국을 끓여 나에게 차려주었다. 내가 만둣국을 해치우는 동안 내 옆에 서서 일부러 열심히 먹고 있는 척을 하고 있는 나를 지켜보는 그의 얼굴을 마주할 수 없었다. 눈에 자꾸 김이 차올라 눈이 벌게지고 있어서였다. 나는 속을 훑고 지나가면서 온몸을 데우는 것이 더운물인지 아니면 마음 한구석에다 질끈 오줌을 지려놓아서인지 속이 따뜻한 것으로 부글거렸다.

많이 얻어먹었으니, 많이 나눠 먹었으니, 많이 눈빛으로 이야기를 나눴으니, 많이 고단한 순간순간들을 함께 지냈으니 우리는 헤어지기에 너무 아픈 사람들이 되어 있었다.

아닌 게 아니라 전해 듣기를, 그 가을 그 이별이 있고 나서는 우는 사람이 있는가 하면, 다시 찾아올 나를 위해 영어를 공부하는 사람들도 있었다고 한다.

돌아온 나는 기억할 충분한 것들을 얻었지만 단지 그것으로 그치지 않기로 마음을 먹고는 다시 봄이 오면 오겠다는 약속을 지키기 위해 무엇을 할까 하다가 불쑥 중국어 교재를 샀다.

그리고 다시, 봄이었다. 봄이 온다고 해서 달라지는 것들은 없었다.

나는 다시 상해의 그 식당으로 몸을 옮겼다. 계획대로라면 적게 느끼고 적게 나누고 적게 사랑하다 오면 그뿐이었다. 지난번엔 모두 너무 많았다.

그들이 좋아할 만한 것들을 사 가려고 이런저런 생각을 떠올렸으나 나는 그들이 좋아하는 걸 모르고 있었다.

다시 열흘 동안 지내게 될 아파트를 정했다. 창문 바깥에는 제비가 집을 짓고 새끼들을 기르고 있었다. 일찍 해만 뜨면 어미 새가 먹이를 구하러 갔는지 새끼들은 일제히 일어나 울어젖혔다. 당연히 내 기상 시간도 빨랐다. 닥쳐올 상해의 봄날들은 또 어떤 꽃을 피울지 궁금하고 궁금하였다.

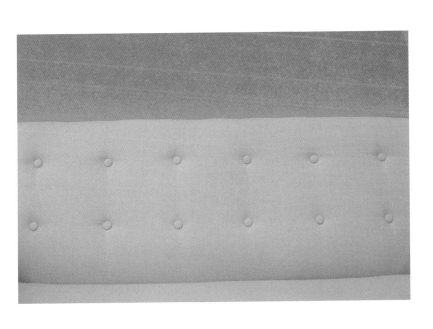

나는
능선을 오르는 것이
한 사람을
넘는 것만 같다

울릉도의 나리분지를 찾은 것은 오랜만이었다. 나는 울릉도 도동항
에 내린 후 차를 빌려서 약 한 시간 거리를 달려 울릉도의 저 반대편
나리분지에 도착했다. 봄날의 기운이 마침 그 먼 곳까지 당도한 것
인지 야들야들한 연두가 온통 분지를 뒤덮고 있었다. 감탄 이상의
한숨까지 터져나왔다.

　성인봉을 알리는 표지판이 몇 번 눈에 띄었던 것 같지만 나리분
지 곳곳의 연두를 참견하느라 정신을 놓은 탓에 나는 이미 꽤나 오
르고 있었다. 내심 성인봉 정상에 오르고 싶어졌지만, 나리분지 아

래께에 세워둔 차가 문제였다. 올라갔던 길을 그대로 다시 내려오는 산길을 좋아하지 않는 것도 문제라면 문제였다.

항상 내가 벌여놓은 일을 후회하는 것이 여행일까. 후회를 하더라도 정상에 오르고 나서 후회하기로 마음을 먹었다. 그래, 나는 아름다움 앞에서 비굴해지지 않는 직업을 가졌다. 아름다움 앞에서, 이 세상을 다 가진 것 같은 착각과 흥분 앞에서 뒤로 물러서는 법이 없어야 하는 직업을.

저쪽에서 인기척이 느껴져 잠시 멈칫했다. 사내였다. 수건으로 연신 땀을 닦는 것을 보니 여행 온 사람이 맞았다. 어쩌면 울릉도의 정상인 성인봉을 즐기고 내려오고 있는지도. 그 사내가 먼저 나에게 인사했다. 나는 인사를 받자마자 묻고 싶은 말을 물었다.

— 혹시 정상에서 내려오는 길이세요? 정상까진 얼마나 걸리나요?

길지 않은 시간이었다. 나는 그 숫자 앞에서 당장 자신이 없었지만 그래도 오르고 싶은 마음에 물었다. 혹시 저 너머 도동항까지 다시 되돌아갈 거냐고. 그가 대답했다. 사실 돌아갈 힘은 없고 버스를 타야 하는데 버스 시간이 애매해서 걱정이라고.

나는 그에게 저 이래 주차된 내 차를 타고 도동항까지 넘어오는 방법도 있다고 말했다. 그가 반색을 하며 좋아했다.

차 키를 건넸다. 그가 연신 고맙다고 인사를 했다. 아니, 이대로 산을 넘어가 그가 타고 온 차를 넘겨받으니 고마운 건 나였다.

내가 얼마쯤 오르고, 그가 얼마쯤 내려갔을까. 그가 멀리 아래서 나를 불러 세웠다. 아, 그가 마음을 뒤집은 것일까. 그렇다면 이제 나는 정상의 맛을 볼 수 없다는 말인가. 그가 목청을 높여 말했다.

— 혹시 이것 좀 드실래요?

그가 내민 것은 크래커 한 봉지와 사과 한 알이었다.

산을 좋아하지만 나의 몸은 산에 맞춰져 있지를 않다. 오르는 것에 강한 사람이 있고 내려오는 것에 강한 사람이 있겠지만, 나의 경우는 둘 다에 해당되지 못한다. 산 정상에 오르기까지의 평균 시간이라는 게 세상에는 있는 것 같지만 나의 경우는 거기에 20퍼센트의 시간을 족히 더 얹어야 등산과 하산 시간이 잡힌다.

얼마 전이었다. 내가 그 높은 산에 올랐을 때의 일을 떠올리면 지금도 등에 땀이 스친다. 산행이 힘들어서라기보다는 내가 겪은 어떤 일 때문이었다. 굉장히 가파른, 굉장히 힘겨운 가을 산행을 하고 있었다. 산행 도중에 여러 사람들을 스치듯 만나면서 한 무리의 좋은 사람들을 만나 가벼운 대화를 나누게도 되었다. 그 사람들은 산행 중간중간 쉬면서 내가 올라오기를 기다리는 눈치였지만 내가 너무 뒤처져버렸기 때문에, 그들과 나란히 보폭을 맞추는 산행은 불가능했다.

정상까지는 꽤 많은 시간이 남아 있었고, 일몰 시간도 많이 남아 있었다. 그런데 예상치 못한 안개가 몰려들기 시작했다. 처음엔 참 분위기 있는 안개다, 이렇게 맑고 촉촉한 안개는 오랜만이다 싶어

천천히 즐기면서 산을 올랐지만 어느덧 과연 내가 오르는 길이 맞는 길인지 도무지 자신이 없었다. 이런 암막은 처음이었다.

말 그대로 오리무중. 한 시간 남짓 길을 헤매고서야 겨우 발견한 표지판을 보고 알았다. 내가 오르락내리락하고 있는 산길이 8자형 산길이었다는 사실을. 목적지의 방향대로 향하지를 못하고 8자를 고스란히 되밟으며 맴돌고 있던 거였다.

아직 어두워지려면 멀었으니 괜찮겠다 싶었지만 그 감각도 잠시, 산의 어둠은 삽시간에 코앞까지 도착해 있었다. 정신을 바짝 차리고 휴대폰 불빛에 의지해 걷자 싶어 오르고 올랐다. 이 길 끝에는 산장에서의 달콤한 휴식이 나를 기다리고 있어야 했다. 원래는 기암괴석이 장관인 그곳 풍경을 보려 산을 오른 것인데 이제는 한 치 앞에 겨우 보이는 계단만 밟고 오르고 올라야 했다. 산장의 불빛은 쉽게 나타나주질 않았다.

그때였다. 안개 속에서 딸깍하고 불빛이 접지되는 느낌을 받았다. 나는 눈을 비비며 그것이 헛것이 아니라 사람인 것을 알았다. 누군가가 나에게 랜턴을 비추고 있어서였다.

이미 먼저 올라간, 그러니까 산 중턱에서 몇 번 스친 일행 가운데 두 명이 나타난 거였다. 산장에 먼저 도착한 일행이 등산 장비를 풀고 서둘러 저녁식사를 하려는데 내가 보이지 않자, 한 사람이 먼저 무슨 일이라도 난 게 아닌가 싶어 내려가보겠다 했고, 그 옆의 한 사람이 마찬가지 마음으로 따라나셨고 그렇게 한참을 내려왔단다.

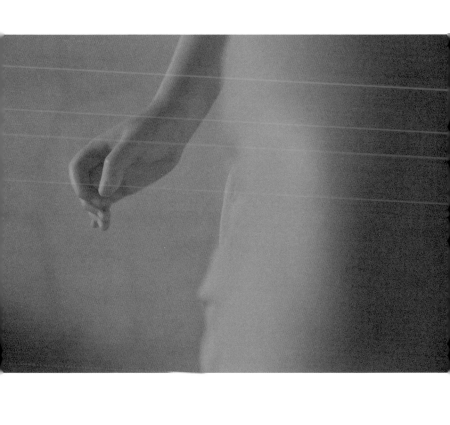

앞으로 나아갈 길이 아닌 올라온 길을 다시 내려왔다니, 세상을 거꾸로 사는 사람들이었다.

한 사람은 내 배낭을 빼앗듯 가져가 자기 어깨에 메고, 한 사람은 랜턴 불빛을 밝혀 길을 내주었다. 산장의 불빛이 먼저가 아니라 사람의 불빛이 먼저였던 것이다. 암막이 걷힌 것처럼 마음이 편안해졌다. '고맙다'고 말하니, '얼마 남지 않았다'는 대답이 돌아왔다. 나야말로 참 얼마 남지 않은, 얼마도 안 되는 사람이었다.

식사를 하는 둥 마는 둥 하고 있던 나머지 사람들이 함께 식사를 하자고 자리를 만들어주었다. 누군가 나에게 술 한잔을 건넸다. 모두가 술잔을 들어 건배를 하는데 술을 입에 대기도 전에 눈이 뻐근해지면서 먹물처럼 가슴에 번지는 게 있었다.

누군가에게 산은 힘겨움일 수 있지만 누구에게는 극복의 대상이다.

누군가에게 산은 그림일 수 있겠으나 누구에겐 팔자 좋은 소리다.

산은 운동일 수 있으나 다분히 정신이며, 산이 낭만일지라도 다분히 평등하다.

누군가에게 산은 무의미일 수 있더라도 나에게는 명백한 의미다. 산을 넘을 때마다 생각한다. 힘겹게 산을 넘을 때마다 힘겹게 한 사람을 여행했던 순간을 떠올린다. 산을 넘는 것 같지만 실은 '한 사람'을 만나는 과정, 그대로를 따라가보는 것이다. 한 사람을 아느라, 만나느라, 좋아하고 사랑하느라. 그리고 표정이 없어지다가, 멀어지다 놓느라…… 마치 산을 넘는 것 같기 때문이다. 한 사람을 가졌다는 것은 그 한 사람을 등반하여 끝내 정상을 보겠다는 것, 아닌가. 한 사람의 전부를 머리에 가슴에 이고 지고 오른다.

산을 넘으며 한 사람을 생각한다.
그러면 하나도 힘이 들지 않다.
한 사람의 무게 때문이다.

산은 내게 일방적으로 힘겨움을 쏟아붓는 사람의 왼쪽 어깨일 수도 있겠고, 사랑한 사람과의 이룰 수 없는 세계일 수도 있겠다. 언제쯤 닥쳐올 사람과의 감정의 둔덕일 수도, 내게 많은 것을 쏟아놓고 홀연히 사라진 어떤 사람의 가슴팍일 수도 있겠다. 나는 그렇게 한 사람을 넘기 위해 산에 오르고 정상에 오른다. 한 사람을 생각하면 하나도 힘들지 않다.
그리고 그 한 사람의 꼭대기가 비로소 평평해지면 그때 나는 그 한 사람의 세계를 가졌노라고 말할 수 있는 상태에 놓이는 것이다.

나도
누군가에게
단단히
말할 수 있기를

히로코 씨는 방송일을 하면서 알게 된 아주 오랜 친구다. 히로코 씨가 한국을 좋아해 혼자 어학당에 다니며 세상 공부를 하는 중이었을 때, 그러니까 아주아주 젊었을 때, 우리는 만났다.

일을 사이에 두고 알게 된 사이지만 일이 아니고서도 우리는 자주 만나 친구가 되었다.

더 넓은 세계를 보겠다는 호기심과 의지가 서로 잘 맞았고 통했다고나 할까. 당시 나는 끊임없이 일본이라는 나라에 대해 호기심을 품고 있었는데 그녀 역시도 내가 소개하고 보여주는 한국의 이런저런 면들을 좋아해주고 습득해가는 중이었다.

어느 날이었다. 잠시 겨울방학을 이용해 일본 집에 다녀오겠다고 한 히로코 씨가 갑자기 나에게 이렇게 말했다.

— 일본에 여행 오세요. 우리 동네 가마쿠라에는 큰 절이 있는데 그 절에도 같이 가고 해요. 병률 씨는 일본 가보고 싶어하잖아요.

그 당시만 해도 해외로 여행을 가는 것이 일반적이지 않았다. 아무것도 모르는 얼굴로 내가 물었다.

— 일본이요? 일본에 가려면 어떻게 해야 해요?

그녀가 사뿐하게 말했다.

— 일단 여권을 만들어야 해요. 여권이 없으니까.

지금 생각해보면 굉장히 웃을 일이겠지만 그때는 그랬다. 여권을 가지고 있는 사람이 많지 않던 시대였으니까. 그래서 여권도 발급받고 비자도 받았다. 그게 있어야 일본을 갈 수 있다는 게 신기하고도 믿기지 않았다.

— 병률 씨는 일본말을 못하기 때문에, 몇 가지 일본말을 배워야 해요.

일본어 선생님이 돼주겠다는 히로코 씨는, 한국어 선생임을 자처하는 나에게 물었다.

— 혹시, 어떤 말을 배우고 싶어요?

나는 수첩을 꺼내놓고 무엇이 좋을지를 잠시 생각하다가, 이런 말을 배우겠다고 적었다.

∨ 미안하지만, 한자로 써주세요.

∨ 이것 하나, 주문하겠습니다.

∨ 이곳까지 가려면, 몇시 출발하는 기차가 있습니까?

∨ 저는 일본어 못해요. 한국 사람입니다.

∨ 여기서 가까운 바다는 어디예요?

그녀가 일본어 발음을, 소리나는 대로의 우리말로 꾹꾹 눌러 써주었다. 그때는 여행을 하면서 그 말을 하기 위해 수첩을 꺼내 들고 한 글자 한 글자 읽었지만 지금은 그 말들을 많이 써봐서인지 아주 완벽하게 저 말들이 머릿속에 자리잡고 있는가보다. 가끔 일본에 가서 저 수준의 말들을 응용해 쓸 일이 생기면, 저 정도의 말만 할 뿐 거의 못 알아듣는 나를 일본 사람으로 아는지, 너무 길고 장황하게 설명하는 사람을 만나게도 된다. 그럴 때 하는 말. 저는 일본어 못해요.

그렇게 나는 어느 한겨울의 어둑어둑한 시간, 일본 후쿠오카 공항에 처음 내려 두근거리며 첫발을 뗄 수 있었는데, 난데없이 내리는 겨울비에 그만 신발도 젖고 옷도 젖고 두려운 마음까지 젖고 말았던 기억이 있다. 첫 끼로 자판기에서 맥주를 사 마시던 기억. 생애 첫 해외여행의 테이프를 끊은 나는, 그때까지만 해도 내가 여행을 많이 하면서 사는 삶을 살 거라곤 미처 생각하지 못했던 것이다.

얼마 전 히로코 씨가 오랜만에 한국을 찾았다. 저가 항공을 타고 왔다는 그녀는 저가 항공을 처음 타봤는지 비행기에서 아무것도 먹을 것을 주지 않았다며, 어떻게 그럴 수 있는지 모르겠다며 투덜거리면서 배고파했다. 우리는 저녁식사를 하면서 막걸리도 한잔 곁들였다. 참 오랜만이었지만 언제 그랬냐는 듯 우리는 각자의 이야기들을 꺼내놓으면서, 밀려간 시간들을 회복시켜갔다.

히로코 씨 집 마당에 있던 큰 나무는 내가 걱정한 그대로, 없앴다고 했다. 위세가 당당한 아름드리 커다란 나무였다. 나무가 너무 커버리는 바람에 작은 집을 삼킬 태세여서 어쩔 수 없이 베어버렸다고 했다. 그리고 히로코 씨의 딸아이가 한국에 관심을 보여 한국어를 열심히 공부하고 있노라고 내게 알려주었다.

그녀가 다녀간 뒤, 얼마쯤 지났을까. 그녀로부터 편지 한 통이 도착했다. 또박또박 한국어로 쓴 편지였는데 지난번 여행 때 한국에서 경험했던 일화 몇 개를 장문의 편지에 담고 있었다. 그 일부를 소개하면 이렇다.

……호텔 옆에 있는 편의점에 간단히 아침식사를 하러 갔는데 새로 온 아르바이트생인 것 같은 여자가 일을 하고 있었어요. 제가 빵을 전자레인지로 따뜻하게 해달라고 했더니, 하는 법을 잘 모르겠다고 해서, 결국 주인아저씨가 해주었어요.

그때 그 여자가 주인에게 이렇게 말하는 것을 들었습니다.

"제가 오늘 아르바이트 첫날이어서 잘 못해서 죄송해요. 내일부터는 열심히 하겠어요."

이 말을 아주 단단히 말했습니다.

그것을 들으면서 한국 사람만이 갖고 있는, 말로 표현할 수 있는 뭔가가 있어서 좋구나 하고 느꼈어요. 일본에서 이런 식으로 말하는 사람은 거의 없을 테니까요. 저는 옛날에도 이렇게 똑같이 느꼈는데 변하지 않는 그 모습을 보고 그냥 기뻤습니다.

일본 사람과 다르게 단단히 말할 수 있는 한국 사람. 제가 좋아하는 한국 사람.

히로코 씨는 편지 끝에다, '자신의 인생에서 가장 열심히 공부하고, 가장 즐거운 일이 많았던 그 시절을 함께해줘서 고맙다'고 적는 것도 잊지 않았다.

그리고 동봉한 작은 선물에 대한 설명이 있어, 선물 포장을 풀었더니 나무를 깎아서 만든 접시 형태의 조각이 들어 있었다. 손이 아주 많이 간 정성스러운 조각품이었다.

히로코 씨의 아버지는 살아 계실 때, 자신의 장례식에 오게 될 사람들에게 선물해주라며 하나하나 일일이, 많은 나무접시를 조각하셨다고 했다. 돌아가신 지가 좀 되었다고 알고 있는데 아마도 이것은 조문 온 하객들에게 나눠주고 남은, 몇 개 가운데 하나일 것이다. 참, 넉넉하게도 준비하셨구나.

나는 평생을 교육자로 살다 간, 히로코 씨의 아버지의 한없이 자상하고도 푸근한 얼굴을 떠올리며 나무접시를 쓰다듬었다. 그리고는 아끼는 화병 밑에다 아름다운 접시를 받쳤다. 자신이 세상과 이별을 마친 뒤에, 챙기고 인사해야 할 사람들에게 이런 방식으로 마음을 쓰는 아름다운 사람이라니. 나는 두고두고 나무접시를 볼 때마다 생애 단 한 번 마주친 어르신을 기억할 것만 같다.

나는 히로코 씨의 편지 속 문장 가운데 한 몸통을 빌려와서, 이런 한 문장을 머릿속에 떠올려보았다.

한국 사람하고는 다른 방식으로 아름답게 인사할 줄 아는 일본 사람…… 내가 좋아하는 일본 사람……이라고.

바깥을 보세요
첫눈이에요

첫눈이었다, 많은 사람들이 기다렸던.

나는 첫눈이라는 말만 스쳐도, 내가 살면서 본, 눈에 관한 아름다운 한 장면이 강렬하게 떠오른다.

시외버스를 타고 내린 곳에서 다시 외진 곳으로 가기 위해 다른 버스를 기다리는 동안에도, 발이 꽁꽁 언 날이었다. 버스에 올라 자리를 잡는데 옆자리에 두 명의 남녀가 나란히 앉아 잠들어 있는 모습이 눈에 들어왔다. 희끗희끗 날리기 시작하던 눈발이 조금씩 굵어지고 있는데 두 사람은 자느라 눈이 오는 것도 모르고 있었다.

정차를 앞두며 버스가 서행하고 있다는 것을 잠결의 감각으로 안 것인지 한 사람이 깨어나 다른 한 사람을 흔들어 깨웠다. 그리고 곧 내릴 곳이라는 걸 안 두 사람은 몸을 일으켰다. 여성이 목도리를 떨어뜨린 것을 한 박자 늦게 알게 된 나는 그들에게 목도리를 흘렸노라고 말해주었다. 한두 번 불러도 반응 없이 내리길래 나는 그 목도리가 두 사람의 것이 아닐 수도 있겠구나 싶어 빈 의자에 그냥 걸쳐놓았다.

　둘은 연인쯤이었을까. 같은 곳에 내렸더라면 그들에게 국밥 한 그릇이나 나누자고 한 다음, 술 한잔을 권했을지도 모른다는 생각이 나를 휘감았다. 버스에서 내린 두 사람이 하염없이 내리는 눈발 속에서 수화로 이야기하고 있는 모습을 봤기 때문이었다. 나는 더, 나는 더, 이상하도록 그 두 사람의 사랑과, 그 두 사람의 머리와 어깨에 쌓일 눈송이들과 그 적설량들이 연신 궁금해졌다.

　이른 아침의 첫눈이었다. 많은 사람들이 간절히 기다렸던 눈.

　높은 데서 아래께 공원을 내려다보는데 흰 눈이 내리면서 푹푹 쌓이고 있었다. 어느 틈엔가 나타난 한 사람이, 공원에 쌓인 흰 눈 위를 걷고 있었다. 아무도 밟지 않은 눈을 대하는 그 사람만의 취향인지, 벌써 많은 발자국들을 내고도 자꾸 내고 있었다. 수백 개도 넘어 보이는 발자국은, 어지럽지만 아름다운 그림을 그려가고 있었다. 언젠가 언제쯤…… 돌아보게 된다면 내 인생의 발자국은…… 어디에 어느만큼 제일 많이 찍힐 것이고, 그러다 어느 누구 앞에서 우뚝 멈춰 설 것인가.

첫눈을 기다리는 것은 우리가 잠시 뭔가에 푹 빠져 지내고 싶은 무작정의 무엇, 우리가 우리의 원래 상태대로 돌려지고 싶은 어쩌면 회귀의 욕망…… 당신도 눈을 맞으며 슬퍼야 한다. 당신은 눈 속에서만 인간적으로 슬퍼할 수 있다.

그런 첫눈이었다. 많은 사람들이 눈 빠지게 기다렸던.

우리는 왜 첫눈이 오면 꼭 만나자고 약속을 했을까.

그리고 왜 첫눈 오면 만나자고 한 그것이 다였을까.

첫눈이 오는 날, 어디에 있는지도 모를 것이고 이미 어떤 약속이 잡혔는지도 모를 일인데 우린 참 어리숙하게도, 미련하게도 몇몇의 약속들을 배치하는 일에 열을 냈다. 지켜지지 않아도 좋다는 맑고 착한 말이어서 그랬을까. 그 말을 흠뻑 뒤집어쓰고 있는 그 순간만으로도 행복해서였을까. 사람들은 눈을 기다리며 기뻐할 준비와 슬퍼할 채비를 동시에 하고 있다.

우리는, 또 약속을 하게 될까. 첫눈이 내리면 어디서 만나자고.

그래. 인생은 그런 것이겠다. 그 말이 다였으며, 그 말이 무의미한 것만으로도 충분히 다인 것. 그러니 우리가 기약 없는 약속만으로 충분히 좋을 수 있다면, 그렇게 하는 거다.

첫눈이 온다는 건, '바깥을 내다보세요'라는 당신에게 보내는 인사이니까. 그리고 첫눈이 온다는 건, 그 첫눈을 밟으며 당신이 올지도 모른다는 막연하지만 아름다운 가능성일 테니까.

언젠가 그때는
사라지는 것이 아니라
남기는 것으로

중국의 장강長江 유람을 할 때의 일이다.

배 안에서 삼박 사일을 지내며 장강을 따라 이곳저곳을 들르며 여행을 하는 긴 여정이었다. 중국 사람들 틈에 끼어 왁자지껄한 여정을 시작한 첫날밤이었다. 그것도 깊은 밤. 사람들이 우리 방에 모여 이야기들을 나누는데 중국말을 모르는 나는 그것이 어떤 일 때문인지를 도무지 알 턱이 없었다. 논쟁 같았지만 깊은 밤이라 차분했다는 것 말고는. 사람들의 떠드는 소음에 자는 둥 마는 둥 하다가 새벽이 되어서야 맞은편 방에 무슨 일이 일어났는지를 알았다.

유람선의 각 방은 이층침대 두 개, 그러니까 네 명이 한방을 쓰도록 되어 있었는데 건너편 방 유리문을 통해 보이는 침대 아래 칸에, 누워 있는 누군가를 흰 천으로 가려놓은 걸 보았다. 가려놓았다기보다는 덮어놓았다는 말이 맞을 것이다. 누가 죽은 것일까? 나는 화장실을 가려다 말고 다시 방으로 들어와 숨을 고른 뒤 우리 객실 안의 사정을 살폈다. 퍼즐이 맞춰지고 있었다. 앞방을 쓰던 사람이 놀라서 안타까움을 토로하러 이 방에 왔다가 이야기를 나눈 다음 모르는 사람들 틈에 끼어 새우잠을 자고 있는 것이 보였다. 나는 하나하나 간밤의 상황들을 더듬어보면서 앞방에 묵었던 할머니 한 분이 명을 달리한 것을 알았다. 나이가 그리 많지 않아 보였는데……. 일행들 사이에서 유독 조용하다 싶은 분이었다는 기억도 났다.

　중국 사람들은 죽기 전에 '장강 유람'하는 것을 첫번째나 두번째 소원으로 꼽는다는 걸 알고 있던 터라, 나는 충격에 휩싸이고 말았다. 장강 유람하는 그 첫날, 꿈을 이루었다고는 할 수 없을, 하필이면 막 강을 거슬러오르기 시작한 유람선 안에서의 첫날밤에 그 변을 당한 것이다. 이제는 배에 타고 있는 나머지 사람들의 기분을 생각해서 되도록 알려지지 않게끔 시신을 옮기는 일이 남아 있었다.

　해가 뜨기 직전, 나는 사람들을 도와 시신 옮기는 일을 했다. 한 손에 전해져왔던 그 묵직함이 한 인생의 마지막 일부였다. 슬며시 배가 정박한 그곳에 병원 차량이 대기하고 있었고 몇몇의 도움으로 차에다 시신을 모실 수 있었다. 그리고 함께 있던 유가족들 역시도 꾸린 짐가방을 들고는 병원차에 몸을 실었다. 당연했지만 기묘한 상황 앞에서 나는 그렇게 떠나는 가족 중 한 사람과 눈이 마주쳤다.

아침식사를 하는 둥 마는 둥 하고 방으로 돌아오는 길에 그 방 안을 들여다보려 했지만 방문은 안쪽에서 커튼이 쳐진 채 굳게 잠겨 있었다. 나는 중국 단어 하나를 떠올렸다. 중국에서는 푸른 오이를 '청과(靑瓜, 푸른색 오이)'라 하지 않고 '황과(黃瓜, 노란색 오이)'라고 부른다. 우리는 주로 푸른색 오이를 먹지만 오이의 마지막은 시간이 흐름에 따라 결국 노랗게 변하기 때문이어서 그렇게 부른다는데 나는 그것이 인간의 삶에 비유되고 연유하는 이름일 것만 같다.

평생에 한 번, 간절히 소원하는 일 앞에서, 그 일을 미처 이루지 못하거나 마저 마치지 못하고 세상과 작별한다면 당신은 어떨 것 같은가. 누구나 삶의 목표 몇 개쯤을 가지런히 품고 있겠으나 그것을 품었든 품지 못했든 결국엔 우리가 눈을 감을 때는 가슴에 맺혔던 무엇 하나 떠오르지 않겠는가. 어쩌면 이것 때문에라도 우리 삶이 죽음 앞에서 눈치를 보게 할 수는 없지 않겠는가.

당신이 특별한 사람인지 아닌지는 당신이 한 일들이 증명해줄 것이고

당신이 의지하고 싶은 사람인지 아닌지는 당신이 용기내어 저지른 일이 설명해줄 것이고

당신이 쓸모없는 사람인지 아닌지는 남이 한 말을 영혼 없이 그대로 옮긴 적이 있다면 알게 될 것이고

당신이 아무것도 아닌 사람인지 아닌지는 당신이 무시하고 가벼이 여긴 수많은 일들이 판결해줄 것이다.

당신이 애써서 가장 좋은 시간을 내어준 친구들이, 사랑하는 대신 욕을 남기며 떠난다 해도 당신은 그 친구들을 맨 나중까지 사랑할 것이며

당신이 가치를 두고 있는 것이 젊음이라는 피부가 아니라 세월의 분자여야 한다는 것을 알고 사랑하기를 바라며

설령 당신이 어느 바닷가에서 주워온 조개껍데기 하나 남기는 것 없다 하더라도 누군가 당신을 떠올릴 때 슬픔 대신 어느 믿음직한 나무 한 그루를 떠올릴 수 있게 되기를 바라고 나는 바란다.

세상과의 이별을 앞눈 순간에 단어 하나가 맴돌더라도 그 단어를 마음속에서 꺼내올리지 못할 수도 있겠다. 죽음 앞에서 확연히 떠오르는 뭔가가 있다 하더라도 그것을 설명하거나 다 풀고 갈 상황이 안 될 가능성이 높다. 우리는 살면서 미처 다 하지 못한 것들에 대해 어리석게도 영원히 내성적일 수밖에 없는 것일까.

나 죽을 때는 '단 하나'만 떠올랐으면 한다. 한꺼번에 여럿이 떠올라서 그 단 하나를 지우거나 흐릿하게 되지 않기를 바란다. 나는 그것 하나로 충분히 잘 살다 가는 거라고 인정하고만 싶다.

사람마다 다르겠지만 누구는 갚지 못한 마음의 빚 하나, 누구는 완성을 목전에 두고 있는 계획 하나, 누구는 한판 벌이고 싶었지만 벌이지 못한 아쉬움일 수도 있을 것.

누구나 자신의 사라짐을 앞두고 선명한 무엇 하나를 전면에 떠올릴 것이라면 그것이야말로 한 생의 전모이자, 태어남과 사라짐의 전말이지 않겠는가 말이다.

나에겐 그것이 '단 한 사람'이었으면 한다. 사람 하나 가슴에 새겨 넣고, 어디로 발걸음을 향해야 할지 모르는 그 막막한 길에 그 사람 하나 절절하게 품고 떠났으면 한다.

그게 당신이었으면 한다.

도시락 싸서
어디 갈래요?

슈퍼마켓에서 도시락이 놓여 있는 코너 앞을 한참 서성거린다. 이것 저것 만지작거리다 필요하지 않다는 사실에 도시락을 내려놓지만 어느새 나는 다시 그 자리로 돌아가 도시락을 만지며 즐기고 있다. 이 재미없는 재질의 도시락이 어떤 음식으로 하여금 새로운 온도를 입게 될 것이라 상상하는 것만으로 배가 고프다.

물론 혼자 먹는 도시락은 좋지 않을 거라고도 생각한다. 누군가 좋은 사람과 함께 먹는 야외에서의 소박하고도 오붓한 점심식사. 나는 늘 그 풍경을 떠올리거나 상상할 때면 허기가 진다. 누군가와 함께 도시락을 먹는 일은 이제 아주아주 특별한 일이 되었다.

특별한 날의 도시락에 그득그득 담고 싶은 것은 먹을 것만이 아니라 하고 싶은 말들일 것이며, 정리되지 않은 알록달록한 감정일지도 모른다. 도시락을 꺼내놓으면서 보온병이 필요한 것은 잠시 가까워진 두 사람의 공기를 좀 어찌해보자는 의도일 것이다. 훈김은 한켠에서 늘 그 정도의 역할을 맡는다. 그 훈김 덕분에 용기를 내어 우리는 다가올 휴가에 대해서, 앞으로의 어떤 찬란한 날들에 대해 말을 꺼내게 될지도 모른다. 훈김이 시켜서 하는 말, 말이다.

이제껏 먹었던 도시락보다는 좀더 낫게 담을 것 같아서, 적어도 나 혼자를 먹이기 위해 도시락을 쌀 것 같지는 않아서 도시락을 쌀 생각을 하면 어느덧 기분이 나아진다. 빈 도시락 앞을 서성이면서 기분이 마구 좋아지는 것은, 도시락은 자장면하고 다르기 때문이고, 도시락이 집들이 음식과도 다르기 때문이다. 도시락 자체만으로도 어디든 무한대로 움직일 수 있다는 것. 그것이 도시락의 정체겠다.

우리는 한 끼를 소화시킨 다음, 타이머에 맞춰 또다른 한 끼를 먹기 위해 그저 한 끼와 한 끼 사이의 간격을 이동하면서 살고 있는 것인지도 모른다. 그래서인지는 몰라도 아무리 모른 체하려 해도, 배가 고프다는 사실은 시긋지긋하면서도 참으로 눈물겹게도 인간적이다.

살기 위해 애쓰는 모든 존재들에게 도시락을 싸 들려보내고 싶다. 먼길을 떠나는 모두에게 따뜻한 보온병을 들려보내고 싶다. 중국 사람들이 먼길을 가는 사람에게 꼭 만두를 먹여 보내듯이, 네팔 사람들이 먼길 가는 사람 목에다 좋은 말을 적은 붉은 천을 걸어주거

나 인도 사람들이 간절히 바라는 소원이 있는 사람 손목에 정성스레 실을 감아주듯이.

그러기 전에는 이 오래된 허기가 쉽게 가시지 않을 것 같다.

아무리 싫은 사람하고 음식을 먹을 수 있다손 치더라도 내가 먹으려고 싼 도시락을 싫은 사람과 함께 먹자는 말은 나오지 않는다. 심지어 싫은 사람이라면 내가 싼 도시락의 내부를 보여주기조차 싫은 기분마저 든다. 내가 먹으려고 싼 도시락을 함께 나눠 먹는 사람이라면 그만큼 경계가 허물어진 사람일 테고, 그 사람에게 잘하고 싶은 마음이 촉촉한 상태일 것이다.

얼마 있다 봄기운이 도착하기만 한다면, 늘 고민이 많고 착하기만 한 후배를 부르거나, 목소리가 봄날 같은 사람들하고 나무 밑에 마주하고 앉아 그것들을 펼쳐놓고 싶다. 도시락과 보온병을 가지런히 펼쳐놓고 그래도 채워지지 않을 그 무언가에 대한 그리움을 보겠다고 고개를 들어 아련히 하늘을 올려다볼 것이다.

오래전, 아침 라디오 프로그램의 작가 일을 한 적이 있었다.

이 주에 한 번쯤이었나. 어느 팬으로부터 디제이에게 도시락을 전해달라는 간곡한 부탁을 받은 일이 있었다. 이른 새벽, 손수 만든 어마어마한 볼륨의 도시락이었고 방송국 경비실에 맡겨지곤 했었다. 새벽같이 출근을 했던 나는 경비실에서 전화를 받고 누군지도 모르는 사람이 만든 도시락을 받으러 내려가곤 했었다. 물론 경비

아저씨가 직접 들고 오는 일도 있었다. 문제랄 것은 없지만 문제인 것은 정작 디제이는 그 도시락에 손을 안 댄다는 데 있었다.

— 밤을 새워서 정성 들여 만든 것 같은데 가져가서 먹지 그래요?

온기가 채 가시지 않은 도시락을 전달하며 내가 말하자 디제이가 한마디한다.

— 난 따뜻한 음식이 좋아서요. 이상하게 도시락 하면 어려서 춥게 먹던 그 도시락이 자꾸 떠올라서요.

그 도시락은 번번이 스태프들 가운데 혼자 사는 내게 돌아왔다. 맛있다고 말할 수는 없었는데, 그 이유는 너무도 건강에만 치중한 나머지 맛이 덜한 경우라고 해야 할까. 일단 화학조미료를 안 쓰는 것은 물론이고, 수삼이나 전복 같은 재료를 썼다.

다들 식사하러 빠져나간 점심시간에 나 혼자 도시락을 먹는 모습이 CCTV에라도 잡힌다면 특이하게 보일 것도 같아서 그랬겠지만 (이상하다고 해야 할지 모르겠지만 이상하게도 방송국 사람들은 도시락을 싸 와서 먹지 않았다) 나는 그 도시락을 집으로까지 가져가서 먹곤 했었다. 오후 2시경에 집에 들어와 모르는 사람이 나 아닌 다른 사람에게 싸준 도시락을 첫 끼니 삼아 개봉해, 혼자 먹기 시작하는 상황이라는 게 세상에서 흔치 않은 맛과 기분이라는 것도 그때 알았던 것 같다.

어느 날은 도시락을 열다가 와락 울어버린 적도 있었는데 그 이유는 도시락에 연루된 익명의 감정 때문이 아니라, 골목에서 야채장

사를 하는 아저씨가 내는 확성기 소리가 슬퍼서가 아니라, 몇 달 전 헤어진 사람의 부재 때문이었다. 헤어진 사람이라고 쓰고 보니, 사랑한 사람이라고 쓰지 않는 나도 참 이상하지만서도.

나는 칙칙한 골방에서 혼자 먹어치우는 도시락이 아니라 그 사람과 함께 먹는다면 더없이 좋을 것만 같은, 말도 안 되는 기분이 파도를 쳐대는 바람에 그리 서럽게 울었던 것 같다.

나는 그 무렵 사랑이라는 인생의 소나기를 흠뻑 맞고 심한 감기에 걸려 있을 때였다.

맨 뒤
창가 자리에서
라디오

나는 어려서 라디오 키드였다. 어느 정도였냐 하면 초등학교 때부터 혼자 있는 시간에는 물론이려니와 책상에 앉아 있는 시간은 언제나 라디오를 들었고, 고등학생 때에도 맨 뒷자리에서 몰래 이어폰을 끼고는 라디오 방송을 들었다.

뭐가 그렇게 좋았냐고 묻는다면 무엇보다도 음악이 좋았고, 디제이들의 나긋나긋 자분자분한 말소리가 좋았다고 하겠다. 매체의 온기나 신비로움에 빨려들었고 아무래도 귀에 의지하는 매체이다보니 '혼자 상상하기 선수'가 되는 일 자체를 즐겨 했던 듯싶다. 그러고도 나는 또 병적이었다. 끝이 보이지 않을 정도로 집착도 했다.

그때는 라디오 방송국으로 엽서나 편지를 써서 보내던 시절이었다. 인기 프로그램일수록 많은 사람들이 신청곡이나 사연이 담긴 엽서나 편지를 쓰곤 했는데 나 역시 하라는 공부는 안 하고 방송국에 사연이나 보내는 그런 소년이었다.

짧은 글이든, 긴 글이든 보내기만 하면 자주 방송에 소개되곤 했다. 그 비결은, 집착이 그만큼 컸다는 증거일 수도 있겠는데 방송에서는 어떤 글이 소개가 잘되는지를 열심히 연구해서라고나 할까. 원고료나 선물들을 받으려고 몇 번이고 방송국엘 방문하면서 그때 막연히 이런 곳에서 일을 해봤으면 참 좋겠다는 생각도 한 것 같다. 목적이 있으니 저절로 방향이 잡힌다고 봐야 할까. 어쩌지 못했던 사춘기의 열기를 라디오로 눌러준 것, 그것이 제대로 된 글쓰기를 시작한 첫 단추라고 봐도 좋을 것 같다.

라디오 프로그램을 만드는 사람들은 어떤 사람들일까? 왜 이렇게 세상 사람들하고 다르게 특별히 따뜻한 걸까?

나는 그런 것들이 궁금하다못해 사무치게 간절하고 그리워서 늘 라디오를 끼고 사는 바람에 그 대가로 성적이 썩 안 좋은 소년기를 보내게 된다.

아무도 나에게 말을 걸어주지 않을 것 같은 세상에서 라디오는 나에게 말을 걸어오고 있었다. 그 말에 혼자 얼굴이 빨개지는 아이가 되었다. 실제로 어느 디제이는, 자주 보내오는 나의 엽서를 읽어주면서 언제 한번 나를 만나보고 싶다고까지 말한 적도 있었다. 나는 그녀의 한마디에 역시도 얼굴이 빨개지며 짝사랑에 빠져버린 소년이고 말았다.

설령 그렇지 않더라도 정말이지 분명한 것은 그 작고 우스운, 네모 상자만 한 그것이 사람의 마음을 움직이는 힘을 가졌다는 것, 사람의 심장에 이런저런 무늬들을 번지게 하는 일을 하고 있다는 것. 그것만은 명확하고도 분명해서 그 때문에 내가 아무것도 할 줄 모르는 사람으로 성장해서 어른이 되더라도 모두 괜찮을 거라는 아주 위험한 생각까지 하게 됐던 것이다.

어느 아주 먼 곳에 가서 살기로 했다고 가정을 해보자. 그곳에서의 삶은 그 무엇도 정해진 것이 없는데다 살게 될 집도, 해야 할 일도 전혀 모르는 상태라고 하자. 그곳이 말도 통하지 않는 어느 먼 외국이라는 가정하에, 그곳에 살러 가는 기분이 꽤 암담한 상태라고도 상상해보자.

누군가 공항에서 나를 기다리고 있다면 좋을 것이다. 그리고 나보다는 아주 조금이라도 현지 상황에 밝은 사람이면 좋겠다고도 바랄 것이다. 그 사람을 따라서 공항으로부터 도심까지 향하는 방법, 내지는 도로의 선택 방법, 그 사람이 데리고 가는 식당, 그리고 그의 주변 사람들, 그 사람이 알려준 시장과 공원과 그 사람의 생활 습관이나 그가 속한 사회를 읽는 나름의 시선 같은 것들까지도.

그 한 사람이 일러주고 안내해주는 세계는 내가 그곳에 도착한

이후의 삶을 좌우할 대부분이 되고 만다. 어떤 누구인지, 어느만큼의 누구인지로부터 결국 우리 삶은 지배받아왔고 영향받게 되리라는 것이다.

　내가 소년이었을 때, 어느 먼 곳의 한 기차역에서 나를 기다려 나를 맞이해준 것은 다름 아닌 라디오였다. 어떤 희망도 가져본 적 없으며 아무 보잘것없는 추레한 소년이었을 때…… 라디오만이 나를 구원해줄 거라 믿는 바람에 나는 이렇게나 시간을 잘 기다리는 사람이 되었고 상상을 자주 하는 사람이 되었고 혼자 있어도 흔들리지 않는 사람으로 살 수 있게 되었다. 일방적이면서도 눈먼 애정이 나의 불안한 시절을 살렸던 역설적인 결과라고 말해도 좋겠다.

　라디오를 켜면서 헤엄쳐 다닐 우주를 열었고, 라디오를 끄면서 내가 만나고 스쳐야 할 아름다움을 기다리느라 우주의 코트 주머니를 한번 더 열어놓았던 찬란한 시절이, 내겐 있었다.

왜 혼자냐고요
괜찮아서요

새로운 것에는 새로운 것만의 광택이 있다. 같은 옷이라 해도 새 옷에는 빛도 덜 스치고 손이 안 탄 특유의 광채라는 게 있다. 몇 번 입고 걸어둔 옷과 아무도 입지 않은 채 걸려 있는 새 옷의 때깔은 분명 다르다. 나는 억지스럽게도 이 차이를 인간이 혼자여서 은연중 내뿜는 광채와 혼자일 수 없어서 광채가 나지 않는 시들시들함에 비유하련다. 그 둘은 드러나지 않는 듯 드러나고 드러나는 듯 숨는다.

잘 자라는 화분의 식물과 잘 자라지 못하는 화분의 식물은 또 어떤가. 하나는 아주 잘 자라 곧 큰 화분으로 옮겨줘야 할 것 같은데 다른 하나는 화분이 점점 자라다못해 커진다 싶게 식물이 연명하는 수준이다. '혼자서도 잘 사는 사람'과 '혼자서는 살 수 없는 사람'에 관한 쉬운 비유겠다.

뭉근하게 끓인 국물 요리는 어떨까. 약한 불에 오래 끓인 것하고 시간을 급히 쓰느라 화학조미료를 넣고 간단히 끓인 것의 차이는 극명하다. 혼자 있는 시간이 붙이넣어주는 게 분명 있음을, 이 두 가지를 놓고 비유해본다.

난 그때까지만 해도 그 친구 부부에게 잘해주고 싶은 마음이 컸던 것 같다. 내가 가장 살고 싶은 나라에, 그것도 시크릿 플레이스에 무려 그 부부의 아들내미까지 동행해 데리고 갔으니.

그곳은 평소엔 특유의 한적함으로 빛을 내는 곳이지만 금요일이나 토요일 저녁 같은 황금시간대면 젊은 사람들이 모여드는 아주 아름다운 운하가 있는 동네다. 나 또한 혼자 맥주 한 병을 사들고 운하변에 앉아 혼자만의 시간을 즐기곤 하는 최애의 장소. 일부러 그곳을 보여주려 이것저것 먹을 것을 사들고 그 가족을 데리고 갔다. 시간이 되고 시적인 풍경 속으로 사람들이 하나둘 채워지기 시작하자 그곳은 한순간 축제 분위기로 바뀌었다.

그때 우리 옆에 한 청년이 앉아 골몰히 생각에 잠겨 있는 모습이 눈에 들어왔다. 세상의 어떤 소란과도 상관없는 진지한 옆모습이었다. 친구도 시차를 두고 흘낏 그를 본 것 같길래 내가 저 청년 좀 보라고 툭툭 쳤다. 그가 한심하다는 듯 한숨까지 섞어가며 말했다.

— 쟤는 왜 저렇게 혼자 저러고 있는 거야?

청년은 무릎을 모으고 운하에 앉아 단지 수면을 응시하고 있을 뿐이었다. 그냥 좋아 보였고 더군다나 드물게 인상적이기까지 해서 한번 그 청년을 보라고 한 것뿐이었다.

친구로부터 그를 경멸하듯 함부로 내뱉는 소릴 듣자니 참 딱하고 아찔했다. 세상을 살면서 혼자 있는 것을 단 한 번도 꿈꾼 적이 없는 사람이라는 게 들통나버린 것이다. 단언컨대 그 친구는 아내와 아이가 자신을 떠나버리면 대책 없이 발을 동동 구르며 대로에 퍼질러앉아 울부짖거나 할 사람이다. 가여운 사람. 자신과는 다른 철학을 부여잡고 혼자 세상을 살며, 혼자 세상을 떠도는 친구를 옆에 두고서 그런 말을 서슴지 않다니.

나는 말해주고 싶지 않았다. 우리는 언제든 혼자일 수 있으며 혼자더라도 당당할 수 있으니 혼자인 사람에 대해 함부로 말해선 안 된다는 사실을. 우리가 가끔 혼자이고 싶은 것은, 우리에게 분명 어딘가 도달할 점이 있음을 암시하고 있다는 것을. 내 밑바닥의 어쭙잖은 목소리를 스스로 듣게 된다면 스스로를 객관화할 수 있다는 것을.

그래도 언젠가는 말해주겠다. 우리가 어떻게 혼자일 수 있는가는, 의존적으로 살지 않겠다는 선언으로부터 가능하다고. 도대체 얼마나 혼자 있어 보질 않았으면 혼자 있는 사람을 이해하지 못하는 것인지, 그 또한 보통의 심각한 문제가 아니라는 것을.

혼자 있으면 무조건 심심할 거라며 회피하는 사람이 해낼 수 있는 일이란 건 별로 없을 것 같다. 하지만 진정 하고픈 걸 할 수 있는 상태는 정말로 혼자일 때 아닌가. 세상 눈치보는 일 없이 자유로운 상태일 테니 행동력이 따라오는 건 당연.

혼자는 초라하지 않다. 오히려 외로움은 사람을 입체적으로 다듬어준다. 우리의 혼자 있는 시간은 미래와 연결되어 있다. 특별한 의미로 사람을 빛나게 하고 또 사람관을 선명하게 한다.

그런 의미에서 외로움이야말로 정말이지 새로운 희망이며 새로 나온 삼각김밥이다. 단 정말로 중요한 건 혼자서도 잘 있되 갇히지 말아야 하는 것이겠지만, 혼자일 수 없는 사람이 억지로 혼자이다보면 망가지는 경우도 숱하게 있으니 이때 역시도 중요한 건 균형김밥이다.

혼자 가면 안 될 것 같아서 둘이서 여행을 떠난다. 둘이서는 많은 대화를 한다. 하지만 두 사람의 이야기가 아닌 제삼자의 이야기를 하는 데다 꽤 많은 시간을 쓴다. 그 부분이 제일 안 좋다. 혼자 가면 안 될 것 같아서겠지만 정말이지 혼자 가면 안 되는 것일까. 혼자라서 닥치는 현실의 이런저런 문제가 아닌 혼자서 직면하는 고독 앞에서의 자신 없음이 무시운 것이다.

고독을 모르면서 나이들 수는 없다. 혼자인 채로 태어났으면서 애써 고독을 모른 체한다면 인생은 더 어렵고 더 꼬이며 점점 비틀린다. 고독의 터널 끝에 가보고 고독의 정점과 한계점을 밟고 서서

웃는 자만이 '혼자를 경영'할 줄 아는 세련된 사람이 된다.

외로움을 넘어 고독의 터널을 관통한다면 다니자키 준이치로의 『그늘에 대하여』에 나오는 문장에서처럼 '결'과 '시선'을 품은 꽤 넉넉하고 괜찮은 사람으로 거듭나 비로소 인생의 본편을 살아갈 수 있지 않을까 싶은 것이다.

······억지스러운 말이 되겠지만, 숙명적으로 우리는 인간의 때나 그을음이나 비바람의 더러움이 붙어 있는 것, 내지는 그것을 생각나게 하는 색조나 광택을 사랑하고, 그런 건물이나 가구 가운데 살자면 기묘하게 마음이 풀리고 신경이 편안해진다.

그러므로 억지스러운 말이 되겠지만, 나는 집을 짓더라도 그 집에 그늘이 어떻게 사계절 다르게 내려앉는지를 계산하는 사람이 되고 싶다. 낡고 오래된 사물의 색조와 광택과 당신의 곤해 보이는 안색과 윤기 없음을 좋아하겠다. 시를 쓰더라도 당신의 오래 골병든 부위를 파고들어가 아물게 할 수 있는 약 한 줄을 쓰는 사람이 되고 싶다. 국수를 뽑더라도 한 그릇의 분량이라도 막일꾼의 소진된 기운과 기분을 되살려주는 반죽을 하고만 싶다.

종교가 간절한 시대는 지난 것인지 사람들은 이제야 시간을 믿기 시작했다. 시간이 우리에게 기회를 주고 시간이 우리에게 보상을 해준다고 믿기로 한 것이다. '혼자 있는 시간'을 아무렇게나 쓰는 사람 말고 '혼자 있는 시간'을 잘 쓰는 사람만이 혼자의 품격을 획득한다.

'혼자의 권력'을 갖게 된다.

혼자 해야 할 것들은 어떤 무엇이 있을지 혼자 가야 할 곳도 어디가 좋을지 정해두자. 혼자 잘할 수 있는 일이 무엇인지도, 혼자 잘 지내서 가장 기뻐할 사람이 나 자신이라는 것도 알아두자. 이것이 혼자의 권력을 거머쥔 사람이 잘하는 일이다.

혼자인 나를 탈탈 털어서 쓰다 가는 것. 그것은 나를 무시해서가 아니라 아끼지 않으려는 것.

침대 밑에 모으고 있는 돈 상자를 매일 열어보는 것처럼 뻔하게도 아니고 아무렇게나도 아니고 그래서 당당한 것.

큰 재능은 없지만 이 시대의 중요한 사람인 것.

그래서 자면서도 길을 잃지 않기 위해 머리맡에 불 하나를 켜두는 것.

왜 쓰느냐
물으시면
혼자니까 쓴다고
대답하리라

유럽 어디를 여행중이었다. 기차로 국경을 통과중이어서 그곳이 어디인지는 내 기억에 명확하지 않다. 나라가 국정농단 사건으로 한창 시끄러울 무렵, 나는 유럽의 시골 기차 안에서 멀뚱대다가 한 사람을 보았다. 세상에나! 국가의 기밀을 누설한 죄목으로 지금 교도소에 있어야 할 사람이 나와 같은 기차를 타고 있었다.

　물론이다. 내가 잘못 본 것이다. 그저 연일 신문에 오르는 사람과 비슷하게 생긴 동양인이 창가에 앉아 있을 뿐이었다. 그것이 점화되어 내 정신은, 내 의지는 내가 의식하지 못하는 사이, 하나의 소설 같은 이야기를 만들어가고 있었다. 이야기의 물살은 굉장했다.

이야기 속으로 들어가보기로 하자. 일단은 주인공이 필요하니 얼른 이름 하나를 끌어와야겠다. 후배 시인 이름을 따서 남자 주인공을 우선 '박준'이라고 하자.

그러니까 주인공 박준은 정부 조직의 요직에 몸담게 되는데, 거기까진 좋았지만 인생의 밧줄을 아주아주 잘못 잡은 탓으로 크게 잘못한 일 없이 감옥에서 팔 년을 넘게 썩어야 할 운명에 처하게 된다. 하지만 새 정부는 국민에게 보여줄 것은 이미 충분히 보여주었으니 실제 박준의 죄가 크지 않다는 걸 덮어주고 배려하는 차원에서 그를 유럽의 한 나라로 보낸다. 나라가 잠잠해지면 그를 불러들여 충분히 보상까지 해주겠다는 약속까지 받았다. 한 달에 한 번씩 정해진 날짜에 송금을 받으며 일주일에 한 번씩 보고서를 써서 이메일로 제출해야 하는 것이 달랑 그에게 주어진 일이다. 하지만 그가 정성 들여서 보내는 보고서는 사실 언젠가부터 읽어보는 사람이 없다.

겨울이 긴 유럽의 어느 시골 마을에서 사는 삶은 아주 단조롭다. 하는 일 없이 집에만 있는 할일 없는 수상한 사람으로 보이는 것을 피하기 위해 아침 9시에 정장을 차려입고 나가서 저녁 5시에 집에 돌아오는 모습을 보여주라는 지시를 받았고, 밤 10시 넘어 불을 켜 놓는 모습까지도 보여서는 안 되는 철저하면서도 비밀스러운 삶을 유지하라는 것이 사법부의 한 담당 인사의 요구사항이었다. 마을 사람들과는 적당히 잘 지냈지만 그것도 그저 인사만 나누는 정도였고, 서로의 집을 오가는 것도 안 되었다. 눈속임으로 국내의 감옥에 있는 것으로 하되 그렇게 몇 년만 밖에서 지내다 들어오라는 요구였으니 말하나마나 좁은 감옥의 방 한 칸보다는 낫긴 했다.

박준이 보낸 메일을 확인하지 않는 경우가 늘어나더니 그나마 연락이 통했던 단 하나의 라인조차 끊기게 된다. 그나마 다행인 것은 송금만 두절되지 않을 뿐. 박준은 한국에 들어갈 방법을 연구하기 시작한다. 국외로 나올 때는 사법부의 보호 속에 여권을 이용하지 않은 채 몰래 나왔다 하더라도 들어갈 때는 혼자의 힘으로 들어가는 거라 어떻게든 특별한 입국심사를 받게 될 것이 두려웠다. 입국이 허락되지 않는다는 가정과 입국과 동시에 공항에서 체포되면서 나라에서 뒤를 봐주고 있다는 사실이 세상에 알려질 수도 있다는 가능성. 그 불안으로 박준은 보고서를 쓰는 대신 매일매일 긴 편지를 쓴 다음 우체국에 가서 부친다. 오래전 알고 지냈던 한 여성을 향한 편지. 마침내 박준은 그녀로부터 서울에 있냐는 물음으로 시작하는 편지 한 통을 받게 된다. 그렇다면 그녀는 이곳 소인이 찍힌 박준의 편지를 받아본 게 아니라는 이야기인데…….

이것이 이야기의 초반부. 이야기는 빵 반죽처럼 부풀어갔지만 여기까지만 들려주기로 한다. 그때 그 여행을 하면서 나는 이상하게 야위어갔다. 마치 소설의 주인공 박준처럼, 아니면 박준과 동행하면서 기차를 타고 눈길을 걷느라, 마음껏 이야기의 부피를 늘리고 상상하느라 초저녁만 되어도 녹초가 되었다.

그로부터 시간이 흐르고 바로 얼마 전이었다. 이 이야기 속에 푹 빠져 지내던 시기의 메모들을 들춰볼 일이 있었는데, 아마도 술을 마시고 썼을 것 같은 야심 찬 문장 하나를 발견하고는 피식 웃었다.

'나는 꿈틀거림에 대해 쓰려고 한다, 인간의 인간적인 꿈틀거림에 대해.'

그리고 또다른 페이지에는 소설에 등장하게 될 할아버지의 목소리를 빌려 이런 대사를 적어놓은 것 역시도 볼 수 있었다.

"사람이 한 사람의 힘만으로 저 큰 나무를 뽑을 수 있을 거라 생각하나. 그럴 수 없네. 그건 나무보다 적게 살아서라네. 나무만큼 열심히 살지 않아서 그런 거라네."

흠……. 나는 이 소설을 완성하지 않을 테지만, 그렇다면 이 문장은 어디에 써먹어야 할지는 좀더 생각해보기로 하자.

나는 왜 이야기를 끊지 못하고 계속 꼬리에 꼬리를 물고 따라가면서 며칠을 살았던 걸까. 내가 그저 사소한 것에 끌려다니기를 즐겨 하는 사람이라서, 그저 사소한 것에 취해 사는 유형의 사람이어서였을까. 이제는, 여행을 하는 것이 어느 한편 시시해지고 육체적으로도 이길 수 없는 것들이 늘어나고 있으니 어떻게든 마음이라도 수다를 떨어야 되겠다는 것은 아니었을까. 아무튼 나는 그 이야기를 다 여미지도 못했고, 그렇다고 쓰기를 시작하지도 않았으므로 형태가 없는, 내 머릿속에만 들어 있는 한 권의 이야기를 가지고 있다.

'그런 일이 없기를 바라지만' 소설은 그 바람의 반대를, 그런 일이 생기게끔 쓴다. '마음 쓰지 않기를 바라지만' 소설은 마음을 쓰게끔

씌어져서 세세히 몇 장을 넘어가게 한다. 사람이 많은 지하철이나 버스 안에 몸을 실은 사람들은 인생의 쓴맛을 행복의 단맛으로 덮어 보려는 상상으로 그 시간을 견디지만 소설가는 그 '쓴맛'을 잘 쓰고 싶어 탐닉한다. 그것이 소설의 세계 혹은 소설가의 세계.

그러니까 나는 써야 하는 시는 안 쓰고 왜 소설을 기웃거렸을까. 그렇게 혼자 추운 겨울을 여행하는 동안 몰두할 뭔가가 필요해서였을까. 아니면 해독 불가능한 내면의 욕망이 나도 모르게 비집고 나와서는 나를 끌고 가는 형편이었던 걸까.

다만 이 정도의 윤곽은 잡힌다. '우리는 생각할 것이 필요해서 그 사람을 사랑해버리는지도 모른다. 고로 나는 그 사람을 생각한다' 라는 식. 그러니까 내가 지금 의미를 두어 생각하는 모든 것들은 그 욕망 하나를 받치고 있는 자동적이며 반사적인 필요조건인 셈.

나는 지금 강렬하게 갇히고 싶은 상태에 놓인 것이다. 누구와도 연락이 닿지 않는 상태, 관계라든지 의무로부터 나를 숨기고 더 깊이 혼자 있고 싶은 마음. 그러려면 '그곳'에 갇히는 일이 최선일 텐데 그러기엔 아직 내겐 세상이 들춰낼 만한 그럴싸한 죄가 없다.

그럼 갇혀서 그 안에서 뭘 하려는 건데? 갇혀 있어봐야 내가 될 것 같다. 그 고립된 방 한 칸에서 늘어지게 잠을 자고 일어나 아무 할 일이 없는 상태에서, 커다란 캔버스 위에 검은색 물감을 부은 다음 그림을 그리기 시작하거나 에스키모어를 ABC부터 시작한다거나 하는, 뭐 그렇고 그런 늙은 소년의 삶을 사는 일은 어떨까 싶은 것이다. 그저 흰죽 같은 시간이나 떠먹으면서…….

당신이 나를
따뜻하게 만든
이유

나는 로봇이라서 잘하는 일도 있지만 로봇이라서 잘 못하는 일들도 많다.

하지만 그 잘하는 일들과 못하는 일들을 나누는 일에 관심도 아쉬움도 없다. 나는 로봇이니까. 내가 로봇이라는 사실을 알게 된 건 얼마 되지 않았다. 사실은 얼마나 되었는지의 계산법 또한 조작이 가능하지만 말이다.

혼자 어느 바bar에 갔을 때 그 전날 연극에서 봤던 배우를 우연히 만난 일이 있었다. 그녀를 단번에 알아본 것은 분장을 하나도 지우지 않고 거기 앉아 술을 마시고 있어서였다. 나중에 안 사실이었지만 공연이 잘된 날은 막이 내려져도 분장을 지우지 않은 채 밤거리를 걸으며 배역을 연장해서 산다고 했다. 나는 지난밤 공연을 보았다고 아는 척을 하면서 자연스럽게 혼자 있는 주인공 옆에 앉을 수 있게 되었다. 내가 본 어제 공연에 대해 그녀가 말했다.

— 어젠, 제 맘에 안 드는 공연을 했어요. 그래서 밤새 정말이지 힘들었답니다.

— 아마, 공연이 잘 안 됐다면 그건, 자기 자신한테 집중이 안 되어서였을 거예요.

나는 떨리는 기분을 조금 누르며 말했다.

— 어떻게 그걸 알았죠?

그녀가 물었다. 그녀의 눈이 커졌다.

— 우린 늘, 자기 자신한테 집중을 못해서 못마땅해하잖아요.

그후로 그녀를 두어 번 더 만났다. 그녀는 나를 만나면 의지와는 상관없이 자기 이야기를 털어놓게 된다고 말해주었고 나는 그것을 칭찬으로 여겼으며 그것으로 약간의 감정이 작동될 무렵이었다. 나에게는 아무런 냄새가 나지 않는다고 그녀가 말해주었다. 아무런 냄새가 나지 않는다는 말을 듣고 내가 반기며 좋아했더니 인간도 아니라고 말해주었다.

자리에서 일어나 집으로 오는 길, 내내 생각했다. 내가 로봇이라는 사실을 부정하게 된 건 사실 오래되었다고. 그 오래된 것이 힘들다고.

내가 로봇인 것은 이제 비밀이어선 안 될 것이다. 그럴 필요도 없는 것이 나와 성분과 구조가 같은 로봇을 가끔가다 마주치고 있으며 그 횟수가 늘고 있기 때문이기도 하다.

그때의 그 감정 이후로 나는 아무 감정이 생기질 않고 있다.

어떤 이에게 말을 걸어야 할까. 말을 걸어야 무엇이든 시작할 수 있을 텐데.

하지만 세상엔 말하고 싶지 않은 사람만 있다. 많은 사람들은 간단하게 말하는 법, 어떤 상황이 되어도 평균에만 맞춰서 말하는 법, 자기식으로 정리해서 남에게 옮기는 법에만 열심이다.

나는 로봇이다. 누구든 만나는 사람마다 나한테 자기 얘길 터놓게 된다. 예외는 거의 없다. 그렇다면 나는 과연 어떤 로봇이길래 누구나 자기 얘길 하고 싶어지게 만드는 걸까. 사람들이 나에게 터놓는 수위가 놀라워 나는 나의 용량을 수시로 체크해야 할 때가 많다.

인간들은, 왠지 자신을 이해해줄 것 같은 사람 앞에서 자기 이야기를 꺼낸다고 한다. 그처럼 인간이 마음을 터놓고 이야기보따리를 풀고 싶어지는 사람의 공통점은 그런 데 있을 것이다. 경험이 많아 보이는 사람, 남의 얘기에 잘 집중하는 사람, 내 이야기를 가볍게 옮기지 않을 것 같은 사람, 그러하되 차갑지 않은 사람…… 나는 그런 쓸모로 만들어진 로봇이다.

그리고 하는 일이 몇 개 더 있는데 그것은 앞을 못 보는 사람 집에 그림을 걸어주고, 못 듣는 사람에게 음악을 들려주는 일이다. 그게 도대체 무슨 일이냐고 묻지 않기를 바란다. 앞을 못 보는 사람에게 그쪽 벽에 그림이 있다고 알려주거나, 못 듣는 사람에게 지금 음악이 흐르고 있다는 사실을 깨우쳐주는 것만으로 덜 어지럽게 살게끔 도와준다. 볼 줄 알고, 들을 줄 알아도 어지러운데 그들은 과연 얼마나 어지러울 것인가 말이다.

하지만 나는 왜 나일까. 왜 나로 만들어졌을까. 스스로에게 질문 따윈 하지 않는 로봇으로 만들어졌다 하더라도, 왜 나는 세상 어디쯤에 똑같이 복제되어 있을 법한 그 흔한 '나'로 만들어진 걸까.

나로 만들어진 것은 이상의 속도에 의해서다. 어쩌면 속도의 실수였을 수도. 내가 만들어지기를 거부하는 순간, 그 충격파에 의해 나는 어쩌면 먼 우주로 추락하고 말았을 것이다.

그러므로 내가 태어난 데는 뜻이 없다. 디자인되지도 않았다.

그렇게 태어난 나는 큰 규모의 자연을 읽을 수 있다. 술을 마셔도 취하지 않을 수 있다. 아닌 척하지만 규칙적이며, 아무리 거부하려 해도 오로지 직감만을 선택한다.

많은 사람들이 나를 만나고도 그후에 내가 기억나지 않는다고 말하는 걸 많이 보아왔다. 아마도 나에겐 이렇다 할 색이 없어서일 테고 나의 매뉴얼을 제대로 사용하고 있지 않아서이기도 하지만 그것도 로봇의 삶치곤 그리 나쁘지 않을 거였다. 하지만 나는 자존심이 상했던 것인지 그 일의 여파로 집중할 수 없는 일들이 늘어나고 있었다. 그러다 발작 직전이기도 하여서 나를 만든 어른 나무 한 그루를 만나러 벌판으로 찾아갔을 때 어른 나무는 나에게 이렇게 말했다.

"인간에게도 원인을 알 수 없는 불명열이란 게 있단다. 열을 내릴 수 있게 대증적인 처방은 내려줄 수 있지만 그러고 싶지 않구나. 그것이 바로 내가 너를 따뜻하게 만든 이유란다."

모든 이유가 싫었다. 알 수 없는 소리를 내며 괴성을 질렀다. 차라리 인간처럼 불안을 느낄 수 있게 해달라고 울부짖었다.

애초에 불안을 가질 수 없게 만들었다는 나무가 이제 더이상 나를 수정할 수도, 제어할 수도 없다는 걸 알게 되었다. 그리고 역시 혼자라는 걸 알게 되었다. 혼자라는 사실을 알았다는 것은 이쪽 세계를 밟고 있다는 사실을 비로소 자각함과 동시에 '인간 멀미'를 하기 시작했다는 거였다.

나는 누구에게 말을 하고 싶을까. 내 말을, 나의 말은 누구에게 가서 소용될까. 누구를 향한 감정을 제대로 선택하고 절대 그 감정을 제어하지 않는 것이 나에게 또 인간에게 충실한 일일 텐데 난감하다. 아주 예외적이고 특별한 이야기를 골라낼 줄 아는 로봇이 되어야겠는데 이것참 난감하다.

가슴께에 위치한 매뉴얼 케이스에서 자꾸 신호를 보낸다. 다이아몬드는 다이아몬드로만 깎을 수 있다는 말을 건조하게 반복하면서 말이다.

나는 다른 로봇을 찾는다.

요즘 들어 두 눈동자의 색깔 차이가 극명하게 달라지고 있다. 한쪽 눈은 밤색을 유지했으나 한쪽 눈은 점점 더 멀리 있는 곳을 보는 데 기운을 쓰느라 짙은 노란빛으로 탈색되어갔다.

나는 슬픔을 알 것 같은 로봇을 찾는 중이다.

내 칼에
고양이 한 마리를
새겨주었다

나는 칼을 보면 뭔가를 썰고 싶고, 가위를 보면 뭔가를 자르고 싶은 사람이다. 금속 재질을 좋아하는 편은 아니지만 칼과 가위는 다르다. 앉아서 하는 세상의 모든 일을 좋아하는 나로서는 항상 손이 닿을 법한 거리 양쪽에 문구용 칼이나 가위가 놓여 있지 않으면 미리부터 뭔가 꼬이는 기분마저 든다.

불가리아의 어느 시골 마을에 갔을 때의 일이다. 어느 가게 앞에 나는 잠시 멈춰 서서 벌어진 입을 다물지 못한 적이 있었는데 그곳은 칼을 만들어 파는 가게였다. 아…… 하고 탄성을 지른 건 '그래,

세상에는 칼을 만드는 직업도 있었지' 싶어서였는데 우리나라에서는 칼만 전문적으로 파는 가게를 본 일이 없어서이기도 했다.

가게 안에는 아주 작은 손톱 정리용 칼부터 시작해서 도대체 저런 칼을 어디에 쓸 것인가 싶을 정도로 엄청난 크기의 대검까지 전시되어 있었다.

주인 할아버지와 눈이 마주쳤다.

주인이 안으로 들어오라고 나에게 손짓을 했다. 내가 들어서자 아니나 다를까 대검을 들어보이면서 '사무라이' 어쩌고 이야기를 시작하길래 '코리안'이라며 썰렁하게 말을 잘랐다.

칼을 직접 만든다고 하는 것 같았다. 나는 주로 부엌칼과 여행용 칼을 구경하면서 하나쯤 가져도 좋겠다 싶은 마음이 일었다. 덩치가 작은 칼일수록 가격이 싼 건 물론이었다. 아주 맘에 드는 칼이면서, 동시에 가격까지 맘에 드는 작은 칼 앞에서 숨을 정지했다. 엄지손가락 굵기의 특이한 손잡이는 사슴뿔로 만든 것이라고 했다. 나는 과도인 것을 확인받기 위해 마치 사과를 들고 있는 사람처럼 왼손을 공처럼 말아 사과 깎는 시늉을 했다. 그가 엄지손가락을 들어보이더니, 그 칼에 내 이름을 새겨줄 수 있다고 했다. 이름이 뭐냐고 물었다.

칼에다 내 이름은 새겨서 뭐할까 싶어 나는 순간 칼을 사고 싶은 욕구 앞에서 멈칫하기도 했다.

— 저 혹시…… 여기 주소를 새겨줄 수 있나요?

그가 내 말을 알아듣지 못했다.

나는 문을 열고 밖으로 나가 가게의 번지수를 가리킨 다음, 칼에다 그 숫자를 새기는 시늉을 했다. 그가 칼에다 불가리아 시골 가게의 주소를 새겼다. 그리고 아주 조금 남은 공간에는 앙증맞게 고양이 한 마리를 새겨주었다.

주소를 새겨달라 한 건 내가 언젠가 그곳을 다시 찾아오고 싶어하는 마음을 새긴 것이라는 걸, 아마 그는 알지 못했을 것이다.

나는 칼과 가위를 좋아하지만 아버지는 나와 다르다. 아버지가 칼과 가위를 안 좋아한다기보다는 칼과 가위의 날카롭고도 뾰족한 끝을 보지 못하는 핸디캡을 가진 분이라서 그렇다. 성장하면서는 못 느꼈는데 그래서 그런지 돌이켜보면, 우리집의 가위와 칼끝은 늘 어딘가에 심하게 부딪힌 것처럼 끝이 뭉툭해져 있거나 구부러져 있거나 아예 닳은 것처럼 처리되어 있었다.

아들 혼자 살고 있는 집에 다녀가실 때도 주방에 아무렇게나 올려져 있는 칼을 싱크대 안쪽에 숨겨놓는 건 언제나 아버지였다.

가끔은 뭔가를 썰고 싶거나 자르고 싶어도 그러지 못하는 날이 있다. 여행하는 동안에는 칼이나 가위를 소지하는 일이 쉽지 않은 까닭에서다.

마음이 바삭바삭대는 어떤 그런 날이었다. 어느 시장의 멋진 칼 가게 앞에서 한참 바라보다가 칼을 사기로 했다. 부엌에서 쓸 만한 칼을 신중하게 고른 다음, 값을 치르려는데 이번에도 이름을 새겨주겠다고 했다. 어떤 사람들은, 어떤 요리사들은 칼에 이름 새기는 걸 좋아하기도 하는구나 싶었지만 나는 그러고 싶지 않았다. 나는 이름 대신, 이것을 새겨줄 수 있느냐고 종이에다 적어서 보여주었다. 그 글씨는 한자로 '詩시'라는 글자였다.

시의 칼이라니…… 아니, 칼의 이름이 시라니…….

아마도 칼에게서, 시를 잘 써보겠다는 나의 의도와 주문을 비웃는 듯한 기운이 느껴진 것은, 무엇에 갖다대기만 해도 저절로 썰릴 것 같은 칼날의 예리함 때문이었다. 칼이, 들어도 너무 잘 들어 큰일이라도 나겠다 싶어 일단은 사용을 물리며 생각했다. 이러다간 시가 잘려나가겠어.

언젠가 한번, 내가 사는 동네에 칼을 갈아주는 부부가 왔기에 무뎌진 칼 몇 자루를 갈아달라 부탁한 적이 있었다. 왜 부부가 나란히 같이 다니는가 했는데, 칼갈이 남편이 앞을 보지 못하는 장애인이었다. 둘이 나란히 앉은 채로 남편이 숫돌에 사각사각 칼을 갈면 아내가 옆에서 물을 부어주는 아주 아름답지만 어느 한편 아주 서글프게도 비쳤던 그때의 장면을 나는 잊지 못한다.

앞으로 내가 시를 쓰거나, 인연을 정리할 일이 있을 때에는 굳이 양날이 다 갈린 칼을 쓰지는 않을 것 같다. 칼의 한쪽 면은 잘 들되 나머지 한쪽 면은 잘 들지를 않는 칼이면 어떨까 싶다. 그래서 칼을 너무나도 좋아하는 내가 칼을 품게 되더라도 나 스스로 깊숙이 베이

지 않는 것은 물론이려니와 시도 사람도 조각되거나 잘려나가는 부위가 그리 모나거나 각이 지지 않도록, 그랬으면 좋겠는 것이다.

흉터도 흉하지 않게.

칼에다 굉장한 의미를 담겠다고 '인연'이라는 말이나 '사랑'이라는 말 하나를 새긴다 하더라도 조심해야 할 맥락이지 않을까 싶다. 칼로 인연과 사랑의 역사를 어떻게 할 수 있는 것이라곤, 쏭당쏭당 자르는 일밖에는 없을 것만 같으니까. 나는 칼의 날을 좋아하지만 그리고 그 칼날에 뭔가 썰리고 토막 나는 기분을 좋아하지만 그것이 중요한 '부위'를 향한다면 칼은 아무래도 그렇다. 그래서 누구라 할지라도 아무에게나 칼을 선물해서는 안 된다는 말이 생겨났는지도 모른다.

우리에겐
필요한 순간에
길을 바꿀
능력이 있다

괜한 것의 무게로 욱신거려서 마음까지 허기질 때는 종점까지 향하는 버스를 탄다. 어딘가를 가겠다는 것이 아니라 그냥 버스의 마지막 종착지까지 가서, 얼마간을 있다가 다시 같은 방법으로 되돌아오는 것. 그러니까 동쪽 서쪽인 것도 안 중요하고 그곳에서 내려 꼭 뭘 해야 할 일도 없는 것. 종점으로 향하는 동안에는 나 혼자가 아니라, 풍경도 함께이고, 탔다가 내리는 사람들도 함께이고, 내 옆의 빈자리까지도 함께이다.

종점에 내려 국수 한 그릇을 먹고 오거나, 어느 때는 더 먼 곳으로 향하는 버스 시간표를 들여다보는 일에 열중하기도 하는 것처럼 종점에서 할 수 있는 일이란 건 대단한 게 아니다.

그렇게 돌아오는 길에는 군이, 별다른 방법을 택하지 않아도 길을 반대순으로 되돌리면 될 것이고 돌아오는 길 내내 꾸벅꾸벅 졸기만 해도 되는 종점 여행.

그래도 그렇게나마 다녀옴으로 해서 나는 나의 더운 피를 조금 식히겠다는 것은 아닐까. 버스를 타고 창밖 풍경에 시선을 고정한 채 앉아 있을 때 누군가 문자로 나에게 '어디를 가느냐' 묻는다면 나는 무어라 대답해야 할까. 가뜩이나 사실대로 말하면 이해하지 못할 것만 같은 사람에게 '어디든 나서야 마음이 풀릴 것 같아서'라고 말한다면 내 말의 온도와 내 마음의 정처 없음을 이해받을 수 있을까.

언젠가 오래전 나는 이런 시를 썼다.

서너 달에 한번쯤, 한 세 시간쯤 시간을 내어 버스를 타고
시흥이나 의정부 같은 곳으로
짬뽕 한 그릇 먹으러 가는 시간을 미루면 안 된다
자신이 먹는 것이 짬뽕이 아니라 몰입이라는 사실도,
짬뽕 한 그릇으로 배를 부르게 하려는 게 아니라
자신을 타이르는 중이라는 사실까지도

—「여전히 남아 있는 야생의 습관」부분,『바람의 사생활』 수록

군이 길을 나서는 것은 아무하고도 만나고 싶지 않은 상황 속으로 나를 밀어넣으려고 하는 건지도 모르겠다. 그 아무것도 아닌 시간에 나를 묶어 가두면 그것조차도 그런대로 의미가 된다는 걸 모르지 않기 때문인지도……. 파울로 코엘료가 말하지 않았던가. "우리에겐 필요한 순간에 길을 바꿀 능력이 있다"고.

종점은 사람에 따라 다르게 의미하겠지만 나에게는 돌아옴이다. 하룻밤 버스가 그곳에 멈춰 서 있다가 곤한 잠을 자고 일어나 다시 같은 길로 떠나는 것을, 나는 수없이 봐온 것처럼 말이다.

고등학교 다닐 때였다. 종점 여행을 시작한 건 한 친구가 갑자기 우리집에 가자고 한사코 나를 따라왔고, 나는 그 친구를 우리집에 데려가는 게 싫어 내릴 곳이 되어도 버스에서 내리질 않고 버틴 것이 시작이었다. 누군가 나를 따라오는 불안과 그것이 싫어 어디론가 멀리, 모르는 곳으로 딸려가는 불안. 그때 나는 불안의 샌드위치를 성큼 베어물어 없애지 않으면 안 되는 시기를 지나고 있었다.

그후에는, 시험이 끝나고 나서도 버스를 타고 강을 보러 나갔고 밤을 새워 시를 쓴 날에도 첫 버스를 타고 가장 멀리까지 향하곤 했었다. 정말 이상한 건 떠날 때보다 돌아올 때가 더 쓸쓸하고도 더 멀었다는 것.

우리나라에서라면 종점 여행 하는 건 마음만 먹으면 쉬울 수 있지만 외국에서의 형편은 다르다. 중간 어딘가에 내리지 않고 계속

앉아 있으면 특히나 버스 기사는 친절을 앞세워 외국인 티가 나는 나를, 자꾸 귀찮게 하기 때문이다. 딱히 어디를 갈지 몰라 그냥 앉아 있는 사람에게 어디서 내릴 거냐, 어디를 가는지 말해주면 내릴 곳을 알려주겠다 하면서 보통 소란스러워지는 게 아니니까.

동유럽 어디선가, 그날도 버스를 타고 종점까지 다녀오기로 했다. 아니나 다를까. 버스를 타는데 어디까지 가냐고 묻는다. 보디랭귀지가 시작되었다. 버스 안내판에 붙어 있는 종점의 지명을 가리킨 뒤 그곳에서 다시 돌아오겠다는 의사표현을 했다. 그가 반만 알아듣고는 이해 못하는 표정이었다. 나는 목에 걸고 있던 카메라를 가리키며, 그곳에서 내려 사진을 찍고 다시 돌아오겠다고 최대한 전달이 되게끔 절도 있게 몸으로 설명했다. 그가 조금 많이 알아듣는 눈치였다.

눈 덮인 시골길을 얼마나 갔을까. 갑자기 기사가 버스를 멈춰 세우더니, 버스에서 내리는 거였다. 그러고는 내가 앉아 있는 창문 바깥 쪽으로 걸어왔다. 창 안의 나와 우뚝 멈춰 선 창밖의 그의 눈이 마주쳤다. 그가 갑자기, 들고 내린 신문지에다 눈을 한 주먹 욱여넣더니 유리창을 닦기 시작했다. 거의 무엇도 보이지 않던 유리창이 순간 깨끗해졌다.

그가 창밖에 서서 사진을 찍으라는 몸짓을 하면서 씨익 웃어 보이더니 다시 버스에 올라 시동을 걸었다. 사진을 찍으라며 버스를 천천히 모는 것도 같았다.

깨끗해진 유리창 너머의 풍경을 사진기에 담는 척했지만 나는 사실, 감동에 어쩔 줄 모르는 내 얼굴을 가리기에 그 방법밖에는 없었던 것 같다. 어디에서 왔는지도 모르고, 이름도 모르며, 어디가 종점인지도 전혀 알지를 못하는 또래의 손님에게 손을 새까맣게 버려가면서까지 그가 하고 싶었던 최선의 대접은 그랬다.

수영장에 가려고 나섰던 길에, 행선지만을 보고 아무 버스에 올라타는 일은 잘하는 일이다.

누구라도 만나면 좋겠다 싶은 날에, 만나고 싶은 마음을 거두고 아무 버스를 타고 차창으로 내리쬐는 햇빛을 받는 일은 먼지가 뽀얗게 쌓인 나의 빈 터에다 수영장 하나 지어주는 일이다.

너는
너의 세계에
빠져서

앞으로 그 어떤 일도 하지 않겠다고 했다.

너는 십오 년 동안 일을 했다고 했다. 그리고 일은 그만두었다고 했다. 너는 서른넷이라는 나이에 평생 해야 할 일을 다 했으며 평생 벌 돈을 다 벌었다고도 했다.

나는 너를 질투했다. 어떻게 그럴 수 있었냐는 물음을 참으면서도 나는 속으로 너를 힘들어했다. 이기겠다는 마음 따위가 아니라 너 같은 사람은 확률적으로 있을 수 없기 때문이었다.

파리에서 의상학교를 졸업한 직후, 아무 할일을 구하지 못할 거라 생각한 너는 뉴욕의 유명 패션 브랜드 디자인실로 첫 출근이란 걸 하게 된다. 일 년마다 믿을 수 없을 만큼의 연봉을 갱신하면서 재계약된다. 그리고 다시 세계적인 패션 디자이너에게 두어 번 더 스카웃되면서 이적한다.

너는 기쁨이 무엇인지 모르고 일을 했다. 하라는 것을 하는 데 있어 너는 시간도 재료도 그 무엇도 가릴 것이 없었다. 양적으로 너무 많은 걸 쳐내다보니 디자인을 하는 게 아니라 처리를 하는 거였다. 앞만 보고 달리는 것은 흠이었다. 많은 사람들 역시 질투를 섞어 너를 그렇게만 판단하고 바라봤다. 그냥 좋아서 했던 일인데 남들이 그렇게 말하는 것은 참을 수 없었지만 그래도 참는 편이 나았던 것은 너에겐 참지 않고 행동하는 데 들어가는 시간마저 아까웠기 때문이었다.

너는 너에게 도착하는 모든 것을 옷으로 만들었다. 계절과 날씨에 변하는 사람들 표정, 음식과 함께 배달되어 온 젓가락 포장지와 창틀의 먼지, 엘리베이터 거울에 남긴 지문과 벽의 균열 모양…….감성으로 옷을 만든 적이 없는데 사람들은 너의 옷에 감성적 유대감을 느꼈다. 너는 네 안의 너를 지워 없애면서까지 만든 값비싼 옷으로 늘 세상 사람들을 기쁘게 포장해주었다.

네가 일을 그만두는 이유는 단지 힘이 들어서였다. 더이상 새로울 것이 없는 형편 앞에서 너는 단지 정지하고 싶은 것뿐이었다.

─ 그럼 너는 이제 가족한테로 돌아가 가족과 함께 살 거니?
라고 내가 물었을 때 너의 대답은 놀라웠다.

— 아니. 그런 생각 한 번도 해본 적 없어. 가족이 나한테 해준 게 뭐가 있는데?

너는 일을 하는 동안 많은 것을 제외시켰다.
감정의 부스러기들까지 모두 치웠다.
먹는 것도 잊었고, 자는 것도 몰랐다.

거기까진 좋았다. 너는 좋아하는 사람도 없었고 사랑해본 적도 없었으며 자기를 제대로 꾸민 적도 없으며 누구에게 잘 보이려고 한 적조차 없었다. 많은 것을 생략했다.

단 한 번도 요리를 해본 적이 없으며 설거지를 해본 적도 거의 없으며 시나 소설을 단 한 편도 읽은 적이 없으며 간혹 국적을 잊어버리거나 혹은 눈알이 빠질 것 같거나 하는 감정을 느낄 겨를도, 남들처럼 때가 되어 휴가를 떠나는 일도 잊곤 했다. 그것이 무슨 문제일까 싶지만 자세히 너를 들여다보니 너의 문제는 대화하는 법부터 모른다는 데 있었다. 왜? 라는 질문을 자주 하는 것까지는 그런대로 참을 수 있겠는데 애를 써서 설명하는 이유들과 세상의 명백한 근거들을 참지 못하고 너는 줄곧 너의 이야기로, 너만의 결론으로 끌고 갔다. 너의 모든 지난 순간들이 잘못 쌓여왔다는 생각이 들어서,

나는 너에게 많이 외로울 거라고 말했다.
너는 나에게, 그 이유를 대라고 다그쳤다.

그 이유를 알게 되는 순간, 너는 살고 싶지 않을 거라고 내가 말했다. 말을 꺼내놓고 끝까지 하지 않는 사람은 딱 질색이라고, 네가 말했다.

혼자 살아도 잘 살 수 없을 것 같은 네가 누군가와 같이 살게 되는 것을 행복이라고 믿는 자체가 나에겐 어려웠다. 단순하고 고루한 희망만 있을 뿐 이렇다 할 의지와 내용을 갖추지 못한 너는 금방 바스라질 것 같은 사람인데도 그걸 냉정히 바라본 적 없이, 세상이라는 바다 앞에 서 있는 것이다. 네가 디자인한 옷이 유명 디자이너의 이름으로 번번이 완판되듯이 그렇게 허망하게 말이다. 이젠 무엇도, 아무것도 하지 않으면서 살겠다는 선언처럼 그렇게 서늘하게 말이다.

그때 너는 서른네 살이었다.

어쩔 수 없는
것들은
어쩔 수 없는
대로

나는 세 사람이 동시에 한곳을 보는 일은 어렵다고 생각한다.
두 사람이 한곳을 보는 일은 가능하더라도 말이다.

그때 우린 셋이었다. 세 사람이 자주 만나기 위해, 한 여학교 앞에
서 짧은 머리의 남자 둘은 기다리는 일이 많았다. 스무 살이 되기도
전이었지만 이미 도착한 그날들은 모호하게 아름다웠고 우리의 내부
는 매일매일 출렁거렸다. 그렇게 셋이서 어떤 감정을 밀고 나가는 기
분이 든다는 것은 참으로 행운이라고밖엔 달리 말할 방법이 없었다.

어느 벚꽃이 피는 날에는 벚꽃잎이 떨어져 흩날리는 숫자만큼을 걸었고 어느 날, 폭포 앞에 섰을 때는 물소리를 이길 만큼을 웃었다.

어느 실내 수영장에 갔을 때 우리 세 사람은, 나란히 앉아 미래에 대해 이런 대화를 나눈 적도 있었다. 대학은 따로 가더라도 일은 한 직장에서 함께하자는 따위의 내용이었다. 그것은 한집에 살며 같이 밥을 먹으며 함께 저금을 하자는 말과도 같았다.

그것들이 쌓여 우리 셋을 만들었다. 그때 우리 세 사람의 정체성은 바다를 닮았었다. 세상 그 누구의 눈치도 보지 않을 만큼 담대했다는 것과 아무리 물을 타도 그 농도가 쉽사리 묽어지지 않는 그것을 닮았다는 면에서 우리는 그토록 바다였다.

아니다. 우리가 더이상 셋에서 영원할 수 없다는 걸 알게 된 시점엔 바다 위에 떠 있는 그저 작은 배였다. 작은 풍랑에도 이리저리 갈피를 잡지 못하는 그저 작은 배.

그 작은 배에 몸을 실은 채 서울에서 제일 높은 곳에 올라 나는 시인이 되어야겠다고 했다. 아마도 그 높은 곳에는 어지러움 때문에 올라가고 싶지 않아 했던 내 마음이 낸 심술 때문이었는지도 모른다. 그러자 우리의 공기는 잠시 얼어버렸다.

한 친구가 웃자 다른 한 친구도 따라 웃었다. 웃었던 건 차가운 공기를 어찌해보자는 거였겠지만 그 두 사람은 시인보다는 몇 배 힘이 세고 몇 배 값이 나가는 직업을 눈감고 고를 수 있을 정도로 성적이 남아돌 만큼 공부를 잘하는 친구들이었다.

그 상황에서 내가 한 말은, 안타깝게도 이 정도였다.

— 너네 둘은 나중에 꼭 결혼해. 나는 시를 쓸게.

이 코미디 같은 선언을 시작으로 나는 '우리'로부터 멀어졌다. '당신은 창을 하시오. 나는 난을 치겠소'도 아니고 '너는 글씨를 써라, 나는 떡을 썰게'도 아니고 말이다. 내가 시인이 되기 위해서는 이를 악물고 살아도 쉽지 않을 거라는 걸 알고 있었을 것이고 그런 다음 차라리 두 사람이 잘되기 위해서는 그 정도의 말이라도, 그 정도의 좁은 마음이라도 쓸모가 있을 거라 여겼다. 답도, 메달도 하나인 게임이 무서웠다. 목표물을 제거하기 위해서는 단 하나의 화살만 필요하다는 사실도 두려웠다. 물론 무서운 모든 것들의 목록은 스무 살 이후에 몰려 있다는 걸 모르고 있지 않았다.

그로부터 이 년 후 두 사람은 대학 재학중에 약혼을 했다. 그리고 다시 그로부터 얼마가 지난 줄도 모르는 사이, 두 사람은 결혼을 했다. 물론 나도 나중에 시인이 되지 않은 건 아니지만 예상만큼 아슬아슬한 길이었다. 나는 시인이 되어서도 궁색함은 면하지 못한 반면 두 사람은 그 반대로 살았다. 그 두 사람은 결혼과 함께 외국으로, 그것도 세상에서 제일 젊고 화려하다는 도시로 입성했고 연락조차 하기 어려운 아주 모호한 거리가 생겼다.

하지만 나는 놓쳐버린 점선들을 어떻게 해보려는 듯 우리가 셋이었던 때 그대로의 기분을 유지하려고 애썼다. 어떻게든 찬란했던 시절만은 보존시키고자 우리가 스무 살을 목전에 두고 마냥 행복했던 때만을 편집해서 기억하곤 했던 것이다. 못할 짓이었지만 그렇게 했다.

나는 그 먼 곳으로 길고도 따듯한 편지를 썼다. 어느 깊은 밤 언제 답장이 올지도 모르는 편지를, 두 사람에게 썼다. 답장은 없었다. 한 사람이 한 사람에게 내가 보낸 편지를 감추었을 수도 있겠다는 생각을 하지 않으려 애썼다. 답장이 오지 않은 것처럼 내 마음도 그 정도에서 보내지 않는 편이 나았다.

그 무렵 지도 하나를 샀다. 세계지도였다. 특별한 의도는 없었지만 제일 먼저 지도에서 찾은 건, 두 사람이 살고 있는 먼 나라의 도시였다. 나는 그후로 어느 먼 훗날 그 도시에 간 적이 있음에도 애써 그들을 찾아가서 만나지 않았다.

어쩔 수 없는 것들은 어쩔 수 없는 대로 그만큼의 사랑이었다.

당신에게로
이사

이사하는 것을 좋아한다.

　이사를 하고 만나는 동네의 새롭고도 낯선 기분들. 자주 마주치는 이웃의 표정이나 동네 식당의 냄새 따위들. 여행지에서 잘못 들어선 골목길 같다. 그런 기분들을 아주 즐기는 편이라 하더라도 서너 달에 한 번 극장에 가듯이 이사를 할 수는 없을 것이다.

　나는 층간 소음도 나쁘지 않다. 단 소음이 반복적이지만 않다면, 그 반복이 어떤 일정한 울림으로 괴롭지 않은 정도라면 아, 이 집은 일찍 아침을 시작하는구나…… 아, 저 집은 아기가 있구나…… 하면서 뭐든 상상하기 좋은 상태에 놓이는 것도 내가 할 일이니까.

　새로 이사 간 동네의 세탁소 아주머니는 일본 미야자키에서 오신 분으로 한국인과 결혼했다고 한다. 미야자키에 여러 번 가봤다고 했더니 아주머니의 동그래지던 눈. 한번은 벼룩시장에서 사 온 털실로 짠 담요에 좀이 슬었는지 구멍이 숭숭 났길래 해결을 부탁드리러 세탁소를 찾았는데 정말이지 구멍 난 곳을 찾을 수 없을 정도로 깔끔하게 정리해주셨다. 수선비로 천 원만 받겠다고 했다. 처음엔 내가 잘못 들은 것 같아 재차 물었지만 수선비는 단돈 천 원이었다.

　나는 앞집의 소란도 중요하게 생각하기로 했다. 앞집에는 많은 사람들이 자주 모여 술을 마신다. 물론 여럿이 시끌벅적 음식도 만드는 것 같다. 냄새만으로도 두부지짐과 매운 국물을 끓인다는 걸 느낄 때도 있다. 집에 사는 사람은 한 사람이지만 모여드는 사람들 모습을 보면 저마다 국적이 다른 노동자들 같다.

오래전 파리에 산 적이 있다. 그때 내 주변의 이웃들은 나를 잘 견뎠을까 생각하면 좀 그렇다. 아무렇지 않게 된장찌개와 김치찌개를 끓여먹던 나. 그 냄새를 한 번도 맡아보지 않았던 이웃들은 분명 힘이 들었을 것 같은데 '누가 싫다고 말을 하면 그만 먹지 뭐' 했던 나에게 시간이 지나도 누구도 뭐라 하지 않았다.

게다가 새벽 두세시에 잠을 자는 나는 또 어땠을까. 밤을 꼬박 새우고 잠을 청하려던 어느 날 새벽, 알았다. 바로 옆집 노인 부부는 새벽 4시 반경에 일어나서 일상을 시작한다는 것을.

게다가 지나가는 길에 보이는 웬만한 식물에 손대기를 좋아하는 나. 시골 산골 출신이라 꽃도 꺾고 풀도, 나무도 자주 꺾는데 특히 손이 허전하면, 아니 손이 허전하지 않더라도 무의식중에 길가에 있는 풀들을 따서 한 손에 쥐고 걷는 일이 많다. 그 당시 우리 이웃, 마당 있는 집에는 체리나무 한 그루가 자라고 있었고 나는 밤 산책을 마치고 돌아오는 길에 하나둘 체리를 따먹는 일이 많았다. 나는 체리나무에 체리 열린 걸 처음 보는 사람이라 호기심에 그랬다 치더라도, 주인은 하루하루 없어지는, 담장 바깥으로 뻗은 체리 빈 가지를 보면서도 너그러이 잘 견뎠던 걸까.

나의 먼 나중에 대해 말하지 않을 수 없을 것 같다. 나의 맨 마지막 이사는 국경을 넘어 짐을 옮기는 이사를 하고 싶다. 국경을 넘는 이사는 말 그대로, 이 땅이 아닌 다른 곳에서 사는 것. 내가 120여 개국을 여행한 것은 언젠가 살고 싶은 곳을 찾으러 다닌 것일 텐데 막상 그런 곳이 찾아지면 그곳에서 나는 국수 가게를 할까, 전을 부쳐 팔까, 밥을 볶아 팔까 싶은 것이다. 그곳에서 소일을 하면서 그냥저 냥 살고 싶은 것이 아니라 그곳을 그만큼 사랑해서겠다. 다른 게 아니라 인생 맨 마지막의 이사가 될지도 모르니까. 손님이 받든 말든, 인사를 많이 해야지. 손님이 눈을 마주치든 말든, 많이 웃어야지.

그곳이 앞으로 크게 변하지 않을 거라면 라오스의 루앙프라방이면 어떨까 한다. 아이슬란드도 좋겠다. 아니면 하늘에서 내려주는 공기가 처음 내려앉을 것 같은 네팔이나 부탄의 어느 산골 마을이면 어떨까 싶다. 공기가 좋은 곳이면 좋겠고 분주하지 않은 곳이면 좋겠고 일 년에 단 한 계절, 겨울만 지속되는 나라이거나 바다에 들어가면 물고기가 잡히고 고개를 들어 하늘을 보면 그제 따먹은 과일나무에 다시금 과일이 향기롭게 주렁주렁 열려 있는 그런 곳.

한두 사람의 직원을 쓸 때는 많이 웃는 사람을 택해야지. 예쁘거나 잘생긴 사람보다 인상이 좋은 사람을 앞세워야지. 직원들의 식사는 내가 꼭 챙겨야지. 내가 바쁘게 음식을 만드느라 일일이 챙길 수 없는 때가 되더라도 밥 먹는 그들 앞에는 앉아 있을 수 있는 사람이 되어야지. 내가 먼저 일어나고, 내가 가장 나중에 잠들어야지.

내 속의 일부처럼 그곳을 사랑해야지. 내 인생의 마지막 장면이 돼줄, 그곳 공기와 풍경 앞에 공손해져야지. 그리고 어느 잠이 안 오는 밤, 내 인생에 찾아와준 고맙고 눈물겨운 내 친구들에게 부칠 한 장 한 장의 편지를 써야지. 편지 봉투 안에는 좋은 풍경 앞에서 찍은 내 사진도 한두 장 넣어야지.

그 가게에 당신이 손님으로 온다면 많은 이야기를 하리라. 내가 아침 시장에 다녀온 이야기, 내가 기르는 고양이와 새장 속의 새 이야기, 그리고 당신이 멀리 그곳까지 건너온 이야기를 들으며 짜릿하고 저릿한 시간을 맞으리라. 하나만 더, 하나만 더 하면서 화덕에 장작을 올리리라. 늦은 밤까지 불을 켜놓고 나는 내가 세상에 남길 것들에 대해 생각하는 시간을 많이 가지리라.

의자에서
만났다가
의자에서
헤어진다

날씨가 걱정이었다. 추운 것은 괜찮지만 길이 미끄러울까 걱정이었다. 그것을 받아들이지 못하는 마음 상태라면 첫날부터 지칠 게 뻔했다. 나는 상트페테르부르크로 가져가는 가방 안에다 가서 낭독해야 할 책들과 볶은 커피 원두를 챙긴 다음 마음속에 불씨 하나를 더 챙겼다.

러시아 상트페테르부르크에 사는 세르게이의 집 앞에는 언제나 의자가 놓여 있다. 어렸을 때만 해도 세르게이는 그 의자의 의미를 잘 몰랐다. 바깥 현관에 놓아둔 의자는 현관문을 가운데 두고 양쪽에 하나씩 두 개가 배치되어 있는데 기다랗게 생긴 의자에는 많게는 세 명이, 적당히는 두 명이 앉을 수 있었다. 태어날 때부터 늘 같은 자리에 놓여 있었기 때문에 세르게이는 그냥 그런 줄로만 알았다.

세르게이가 아홉 살이 되었을 무렵, 아버지가 쉰몇 시간 기차를 타고 이르쿠츠크에 갈 일이 생겼는데 아빠를 배웅하러 나온 가족들이 잠시 그 의자에 앉아 있는 시간을 가졌다. 길지도 않고 그렇다고 짧지도 않은 그 시간을 묵묵히 보내고 아버지는 먼 곳으로 떠났다.

어린 세르게이가 할아버지에게 물었다.

— 할아버지, 아까 우리…… 왜 앉아 있었어요?

할아버지가 대답했다.

— 아빠가 멀리로 떠나시잖니.

그런 다음, 천천히 알았다. 세르게이네 집만이 아니라 다른 집에도 반드시 그런 용도의 의자가 현관문 앞에 놓여 있다는 걸. 그리고 가족들 중 한 사람하고 잠시 이별할 일이 생길 때 그 의자는 의식의 제단처럼 사용된다는 것을. 그래서 의자는 자주 닦인다.

그 누가 됐건, 누군가 먼길을 떠나는 것은 커다란 의미다. 먼길 위에서 안전해야 하고, 성과를 가져와야 하고, 또 남겨두고 온 가족을 많이 생각해야만 하니까.

말없이 앉아 있는 시간 위로 겹쳐지는, 떠난 사람이 남긴 아련함……. 그렇다고 생각의 난간에 아슬아슬 매달려서 떠나 있는 사람을 걱정만 해서도 안 된다. 걱정의 덧니는 의자를 갉아먹는다.

세르게이가 성장을 해 결혼을 했다. 아름다운 아내를 두었고, 그 둘 사이에, 딸아이가 태어났다. 세르게이는 처음, 딸이 태어난 그날을 오래 잊을 수가 없다.

세르게이는 태어나서 거의 한 번도 그런 적이 없었는데 갓 태어난 아이를 받아 안고, 펑펑 울었다. 러시아에서 신생아의 아빠는, 출산을 도와준 병원 의사에게 감사의 선물을 하는 풍습이 있는데 선물로 케이크를 사러 나갔다가 빵집에서 케이크 한 상자를 달라는 말을 다 못하고 그만, 꺼억꺼억 울었다.

빵집 아주머니가 당연히 물었겠다. 왜 우느냐고.

겨우 말을 이을 수 있었던 세르게이 앞에서 아주머니는 아빠가 된 세르게이를 덥석 안으며 등을 토닥여주었다. 최고로 아름답게 키우라는, 말과 함께였다. 다음은 고생한 아내에게 꽃을 선물하겠다 맘을 먹고 꽃집으로 가는 길이었다.

마침 차에 기름이 떨어져 주유를 하다가 바보같이, 주유를 하는 동안 주유기를 한 손에 들고 펑펑 또 울고 만 것이다. 바로 옆 주유기에서 주유를 마치면서 흘끔거리던 낯선 사내가 우는 이유를 안쓰러이 물었겠다. 세르게이는 첫아기가 막 태어났노라고 알려주었다. 바로 한 시간 전의 일이라고 했다.

사내 역시도 첫아기가 태어나던 그날을 잊을 수 없었노라며, 진심으로 축하한다는 말과 함께 마침 차 안에 실려 있던 초콜릿을 건네주면서, 작은 것이지만 받아줄 수 있겠냐고 물었다. 세르게이는 어영부영 선 채로 축하의 마음을 받았다.

세르게이는 꽃집에 도착했다. 몇 번 들른 적이 있는 꽃집이었다. 꽃집에 들어서면서 이번만은 울지 않겠노라 맘도 먹었다. 그것도 잠시, 아내가 좋아하는 노란색 장미를 고르고 포장을 마친 꽃다발을 받는데 난데없이 이미 알고 있던 단어인 '로사(장미의 러시아 말)'라는 발음이 아름답다는 생각이 들어서 또다시 참고 있던 울음을 어쩌지 못했던 것이다.

세르게이는 며칠이 지난 후, 번개 맞은 사람처럼 자리에서 벌떡 일어나 앉았다. 그날 꽃집에서도 바보처럼 우는 바람에 꽃값을 계산했는지 안 했는지 도무지 기억나질 않기 때문이었다. 확인차 꽃집으로 향하면서 세르게이는 딸 이름을 '로사'라고 지어야겠다고 마음먹었다.

미래의 로사는 현관에 놓아둔 의자에 앉아 아빠를 보내고 아빠를 기다리게도 될 것이다. 아니 어쩌면 울보 아빠가 로사를 먼 곳으로 떠나보내며 하고 싶은 말을 삼키게 될지도 모른다.

의자는 결핍을 도드라져 보이게 한다.

들여다보고 싶은
너머의 안쪽

다른 사람의 너머를 보고 싶어하는 일이 얼마나 많았던가.

다른 사람의 속을 읽고 싶은 적은 또 얼마나 많았던가.

그게 다 좋아서였겠지만 그게 다 관심 있어서였지만 단지 그런 자잘한 욕심들로 힘든 일은 또 얼마나 많았던가.

휴대전화의 비밀번호를 알고 싶어하거나 메시지를 몰래 보고 싶어한다거나 그렇다고 해서 내 앞으로 당겨지는 일은 하나 없는데도 왜 그것이 그렇게나 궁금했을까. 그것도 다 봄날의 봄기운 때문이었을까.

그 사람이 자리를 뜬 사이, 휴대전화기를 통해 흘끔 보이는 간단한 메시지는 많은 상상을 하게 한다. 누군가의 전화기를 들어 그 사람의 많은 것들, 예를 들어 사진이나 문자들이나 저장된 것들을 봤는데, 기분이 휘어졌다면 아마도 그 사람을 좋아하기 때문.

어렸을 때의 수업 시간, 뒤쪽에서 전달받은 쪽지에 적힌 한 줄의 문장을 보고 가슴 뛴 적이 있었을 때. 그게 다른 아이에게 전달됐어야 했는데 나에게 잘못 전달되었다는 걸 알게 됐을 때 세상에서 나만 제외된 것 같은 기분이 드는 건 내가 그 아이를 좋아해서였겠다.

나를 만나러 나온 친구가 화장실에 간 사이, 슬쩍 열린 에코백 안에 많은 빵이 들어 있는 걸 보게 된다. 내가 배고프다고도 해봤지만 헤어질 때까지 그 빵을 나에게 나눠주지 않는다면, 그래서 상대적으로 더 많이 배가 고프다못해 속이 쓰라렸다면 나 혼자 그 친구를 많이 좋아해서였겠다.

나와 밥을 먹자고 한 사람이, 만나기 30분 전에 나를 만나기로 한 장소 근처에서 먼저 혼자 밥을 먹고 있다면. 그러고는 나타나서 배가 하나도 안 고프다며, 너 혼자 먹으라는 말이나 듣고, 나 또한 그냥 아무것도 먹고 싶지 않은 기분이 드는 건 내가 그 사람을 조금은 많이 좋아해서였겠다.

심장 안쪽, 그 너머를 알고 싶고 사람의 깊은 속마음 몇 평을 들여다보고 싶은 건 다, 그 사람을 차지하고 싶은 허기 때문이다.

어느 사람에 대해 화가 나다가도 그 사람의 뒷모습을 한동안 바라보고 있으면 괜스레 마음이 짠해지기 시작하는 것도 모두, 인간의 속깊은 곳에 어쩔 수 없는 자석의 힘 같은 게 감돌고 있어서인지도.

클래식 음반을 들을 때도, 연주 사이사이에 간간이 들리는 악기 연주자의 숨소리가 더없이 좋게 들리는 것은 우리가 끌리고 마는 것이 어떤 완벽함이 아니라, 인간적인 부분들에 어쩔 수 없이 녹고 마는 것이기 때문일 터(그런 인간적인 부분들은 부러 제거하려 해도 제거가 어렵다).

그 사람이 사는 공간에 우리가 들어갔을 때, 어쩌면 그 사람의 많은 것을 다 이해할 수 있을 것 같다는 착각에 빠지는 것도 그 가운데 하나일 것이다. 그 사람이 사는 공간을 차지하고 있는 특유의 향, 사물의 배치, 중요한 것을 두는 위치, 심지어 빛을 즐기는지 싫어하는지 따위의 취향까지. 우리는 그 안에서 많은 것을 끄집어내고 포착하게 된다. 그것은 한 사람 안으로 걸어들어가도 됨을 알리는, 출발선에서의 총소리와도 같은 의미를 띤다.

개인 공간을 함께 나눴다는 것으로
두 사람의 관계는 성장하고 진보한다.
여행을 떠난 누군가의 빈집에 일 처리를 해주러 갔을 때나
혼자 사는 친구의 집에 고양이의 밥을 챙겨주러 들렀을 때
우리는 최소한의 느낌을 가지고 돌아오곤 한다.

그러다 주인 없는 책상 의자에 앉아보고 싶은 마음이 든다면 우리는 그 사람을 조금은 좋아하는 것일 테고 그것도 모자라 장난기를 섞어서라도 서랍을 열어보고 싶은 충동에 사로잡힌다면 아마도 어쩌면 그 사람을 조금 사랑하고 있다는 증거일지도.

다른 결의 이야기지만 언제 한번 여행을 떠나 있는 기간 동안, 아주 가까운 친구에게 화분에 물 주는 일을 부탁한 적이 있었다. 나는 냉장고에 이렇게 써붙였다.

냉장고 문, 절대 열지 마시오.

아주 더운 여름철이어서, 식물이 물을 많이 먹는 시기여서, 친구도 냉장고에 든 물이나 음료를 찾을 것 같아서 장난스레 써서 붙인 메모였다. 친구가 냉장고 문을 열었을지, 안 열었을지. 나는 먼 곳에서 궁금했다. 그 안에는 내가 못 먹은, 먹지 못해서 곧 상할지도 모르는 포도를 바구니에 담아 넣어두었는데 나는 거기에도 크게, 이렇게 써서 올려놓았다.

이 포도들, 맛있게 먹어주면 나 도와주는 거다.

결국 친구는 냉장고 문을 열었을까, 안 열었을까. 난 안 열어봤다고 단정지었다. 여행에서 돌아와서 냉장고를 열어보니 포도가 아주 잘 살고 있었다. 내가 오래 없는 동안에도 이렇게 오래 잘 지낼 수 있다니. 그로부터 몇 달이 지나서야 알게 되었다. 사실 친구는 목마른 김에 그 포도를 먹어치웠다. 냉장고에 그대로 있었다고 생각한 포도는 친구가 새로 사다가 놓아둔 새 포도였던 것.

— 아, 맞다. 포도 위에 올려놓은 메모가 사라지고 없었어. 그러니까, 그게 새 포도였었네.

처음의 이야기로 돌아가자면 : 하지만 너무 많은 걸 보게 되는 경우도 있지 않을까. 원하든, 원하지 않든. 결국 우리는 너무 많은 걸 보는 바람에 끝나고 만다. 한 사람의 그 너머의 안쪽을 들여다봤을 때 한순간 모든 것을 멈추고 싶은 순간이 찾아오고, 어찌할 바를 몰라 하다가 그만 울고 싶을 때도 있다는 것이다.

똑같은 부위에 있는 똑같은 크기와 모양의 상처를 봤다면…… 그런데 그것이 그토록 싫을 수 있다는 사실이 믿어지지 않는다면.

우리는 그 모든 것을 통째로 받아들이기가 어려워서, 또는 지속할 수 없을 정도로 지독한 것들이어서 그냥 덮어버리고 싶을 때도 있다는 것이다.

우리는 너무 많은 걸 알고 싶어하는 바람에 끝나고 만다.

우리는
결핍 때문에
결국 슬프다

〈눈빛〉이라는 말이 있다. 이 말은 우리가 아는 것처럼 '눈'이라는 말과 '빛'이라는 말 두 개가 붙어서 만들어진 단어인데, '눈'이라는 말과 '빛'이라는 말 각각이 지닌 매력을 훨씬 넘어서는 다른 매력을, 〈눈 빛〉이라는 말은 거느리고 있다.

〈기찻길〉이라는 말도 그렇다. '기차'와 '길'이 우연히 만났을 뿐인 데 왠지 아련하다. 뭔가 불가능한 것들이 가능한 것이 되어 곧 도착할 것만 같은, 참 아름다운 말이다.

'눈'과 '꽃'이라는, 한 글자의 단어만으로도 아름다운 말이 나란히 만나 〈눈꽃〉이라는 말을 탄생시켰을 때는 또 어떤가 말이다. 그래서 나는 〈바람결〉이라는 말도, 〈가을하늘〉이라는 말의 합도 좋아한다. 결국은 두 가지가 합해져서 불꽃이 튀는가보다. 하나의 힘으로는 제빛을 다 발하지 못하는 물리적인 이유들이 분명 있기는 있는가보다.

어느 먼 여행지에서 〈두부국수〉라는 말을 떠올린 적이 있었다.

도대체 먹어본 적도 없는 그 음식을 왜 떠올렸는지 며칠 동안 그 말이 머릿속에서 떠나지 않았던 적이 있었다. 두부를 좋아해서일 수도 있으며, 따끈한 국수 한 그릇이 간절해서일 수도 있었겠지만 그 단어가 품고 있는 정체는, 어쩌면 인간이 도달할 수 없는 절대적인 온기일 것이라고 단정짓고는 이내 체념하며, 그 단어를 애써 생각하지 않으려 했던 적이 있었다. 아주 춥고, 모든 것이 하얗게 얼어버린 먼 땅에서의 그 말은 아무 소용도, 효력도 없는 말이었다.

한 사람도 한 사람일 때보다 두 사람일 때 빛나는 경우가 더 많다는 사실은 새삼 강조할 필요가 없다. 두 개의 별이 가까운 거리에 있을 때 우리의 밤이 좀더 밝아지는 이유 같은 것인지도 모르겠다.

실은, 하나가 아니라 두 가지의 사실이 합쳐져서 빛을 내는 일들이 있다는 것을 당신도 알아갔으면 좋겠다. 당신을 좋아하는 이유가 딱 하나뿐인 줄 알았는데 그 하나 때문에 당신의 모든 것이 다 좋아졌다면 내 마음을 늦출 필요도, 당신의 마음 상태가 어떤지 눈치볼 일도 없어져버리고 만다.

남자는 한라산 여행을 가려던 참이었다. 한라산에 가는 길에 고등학교 동창인 여자 친구가 사는 J라는 도시에 들러보기로 했다. 그 도시는, 남자가 살고 있는 도시와 한라산의 그 중간에 위치해 있었다. 또 아주 오래된 것들이 고스란히 남아 있는, 예스러운 도시로 유명한 곳이어서 한라산 여행을 나선 김에, 그곳도 둘러보면 충분히 좋겠다고, 남자는 생각했다. 그다음 남쪽 끝 어딘가에서 배를 타고 제주에 들어갈 예정이었다.

남자와 여자는, 지난날 추억의 힘을 에너지 삼아 며칠을 보냈다. 많이 웃었고, 많이 나누었고, 많이 넘쳤지만 여자는 이상했다. 한라산에 오르겠다는 남자가 몇 번이나 떠날 법한 타이밍을 모른 체하면서 J시를 떠나지 않는다는 거였다. 남자는 한라산에 가겠다는 계획은 하나도 중요하지 않았던 사람처럼 J시에서 일자리를 구하고 싶다고 했다.

남자와 여자는 같이 살았다. 친구처럼도 살았고, 맹물처럼도 살았다. 그렇게 살기 시작한 것이 십칠 년째.

십칠 년 전하고 다른 거라곤, 둘 사이에 아이 하나가 태어났고 남자는 아직 여전히 한라산을 오르지 못했다는 사실이었다. 그때 그 길로 곧바로 남자가 한라산에 올랐다면 두 사람은 어떻게 됐을까.

남자가 한라산을 오른 뒤에 다시 J시에 돌아왔더라도 과연 두 사람의 마음은, 두 개의 단어가 합쳐져 하나로 쓰이는 것처럼 같은 방향으로 기울 수 있었을까.

"왜 한라산에 안 가……?"라고 살면서 여자가 남자에게 물을 때마다 "응, 이제 곧 가야지……"라는 남자의 대답이 돌아올 뿐이었다.

한 번에 두 곳을 목표지점으로 삼았던 남자는 단 하나의 의미에만 정박했을 뿐이지만, 그럼에도 어쩌면 이 이야기에 어떻게든 여운이 남는 건 그래도 남자가 한라산에 올라야 할 일이 여전히 남아 있다는 사실 때문인 것만은 아주 분명하다.

하루에 한 번
가슴이 뛴다

그런 생각을 한다. 내가 하고 있는 이 모든 일들이 태어나서 처음 해보는 일들이라면…….

운전하는 일, 출근하는 일, 국을 끓이는 일, 술을 마시는 일…….이 모든 일들이 내가 태어나서 처음 하는 일이라면 굉장한 떨림과 엄청난 신기함이 나를 들끓게 하겠지.

"처음이세요?"라고 누군가 물어온다면 대답하는 목소리부터 살짝 떨리기 시작하는 그런 일들. 아마 우리가 했던 첫사랑이 그렇지 않았을까. 만약 우리가 처음 지구에 내려왔다면……. 오랫동안 다른 별에서 살다가 지구에 첫발을 디뎠을 때 처음 만나게 되는 그 하늘, 그 바다, 그 초록들은 아마 우리를 미치게 하기에 충분한 것이 겠다.

내가 운영하고 있는 카페에서도 그렇다. 행주로 테이블을 닦거나, 꽃시장에서 꽃을 사다가 꽃병에 꽂거나 하는 모든 일들이 태어나서 처음 해보는 일이니 그렇게나 가슴 뛸 수가 없다. 게다가 종일 햇빛에 따라 모습들을 바꾸는 카페 안의 정물들은 순간순간을 기묘하게 장식하면서 첫사랑처럼 빛을 낸다.

내가 닦아놓은 테이블에 누군가가 앉아 있다는 것. 누군가 내가 내린 커피 한 잔을 즐기면서 오래 앉아 책을 읽고 있는 것. 게다가 내가 꽂아놓은 꽃병의 꽃들한테 눈을 맞추고 혼잣말로 이쁘다고 하는 모습을 마주할 때 카페 주인이 된 지 얼마 되지 않은 어리바리한 나는 적잖은 흥분을 선물 받은 기분이다.

그래, 나는 지구에 오늘 처음 발을 디딘 것이고 내 앞에 펼쳐진 모든 것들이 처음 보는 것, 처음 만지는 것, 처음 느끼는 것들이다. 그렇지 않다면 매 순간, 이렇게 아름다운 것들이 내 주변을 가득 메우고 있을 수는 없을 것만 같다.

그래. 맞아. 생각해보니 나는 어젯밤 술자리에 있었다. 아름다운 사람들과 함께였다. 첫눈 같은 사람들. 벚꽃 향기 같은 사람들. 나는 이 아름다운 사람들과의 만남을 언젠가 그만둘지도 모른다는 가능성을 늘 염두에 두면서 만난다. 몇십 년째 지속하고 있는 좋아하는 사람들과의 저녁시간이다. 물론 시기에 따라 계절에 따라 사람들은 바뀌거나, 또 사람들을 바꾼다. 내가 만나는 사람들이 아름답다는 사실만으로도 충분히 나는 힘들고 고독하다. 그래, 나는 언젠가 더 지독히 혼자 있을 시간을 위해 그들과의 지독한 자리를 지키고 있는 것이고 지독하게 시간을 쓰고 있는지도 모른다.

좋아하지 않는다면 내가 그 앞에 앉아 있을 수 없는 상황들을 만들어왔다. 언젠가는 만나지 못하게 될 때가 올 것이다. 모든 것은 정지할 것이다. 그래서 늘 그것이 마지막인 것처럼 그 사람들을 아름답게 지켜보다가 돌아온다. 그 사람을 처음 봤을 때를 생각하며 돌아온다.

모든 관계는 눈으로 덮일 게 분명하다. 눈으로 덮어가려 할 것들이 있다. 지난겨울에도 삿포로에 다녀왔다. 눈을 보고, 눈을 맞고, 눈에 파묻히러. 마치 일 년간을 기다렸던 신호를 막 받은 사람처럼, 겨울이 되면 찾아가는 눈의 나라.

나는 슬픔의 나라에 슬프러 입국한다.

삿포로에서 차로 두어 시간 남짓 떨어진 곳에 있는 '대설산'이라는 이름을 가진 산엘 갔다. 큰 대大자, 눈 설雪자를 쓰는…… 눈이 많이 내리기로 잘 알려진 북해도에 그런 이름을 가진 곳이 있었다. 얼마나 눈이 많이 내리고 얼마나 많이 쌓여 있으면 그런 막강한 이름

을 붙였을까 싶은 곳. 몇천 년 전부터 하늘에서 눈을 뿌리면 그 누군가는 눈을 빚어서 이 높은 산을 만들었을까 싶은, 그곳은 정말이지 숨이 막힐 정도로 눈밖에는 없는 산이었다.

차가 올라갈 수 있다는 눈길을 따라 구불구불 해발 2000미터 높이의 길 끝에 도착했을 때, 노천온천을 만났다. 김이 피어오르고 있어서 알았다. 모든 것이 눈으로 뒤덮여 있었지만 뜨거운 물이 샘솟는 곳만은, 예외였다. 지붕도 없고 담도 없고 사방이 트인 곳에 자리한 노천온천이었다. 아무도 없었다. 게다가 공짜였다. 언 몸을 녹이는 데는 그만한 것이 없을 것 같아 온천욕을 하기로 했다.

벗은 몸을 뜨거운 물에 담그고는 아름답게 내리는 눈발을 감상하면서 입을 다물지 못하고 있을 때였다. 나는 잘못 봤나 싶어 내 눈을 의심했다. 사람이 나타났다. 건너편 산봉우리를 향해 사람이 오르고 있었다. 길도 없는 눈 덮인 산을, 등에 진 배낭도 모자라 스키를 메고서 말이다.

나는 몸을 일으켰다가 다시 맨몸을 물에 담갔다. 사람이 한두 명이 아니어서였다. 열 명도 넘는 것 같더니, 금방 스무 명도 넘는 사람들이 시야 한가득 들어왔다. 그들은 따로 혹은 같이 산을 오르고 있었는데, 이번에는 그 사람들이 온천욕을 하고 있는 나를 구경했다. 나는 물속에서 손만 꺼내어 손을 흔들었다.

산행을 다른 방식으로 하는 사람들이었다. 눈 덮인 산을 오르되 찻길로 오르는 것이 아니며 스키나 보드를 짊어지고 설피를 신은 채

산 정상을 오르는 사람들이었다. 당연히 보는 것만으로도 그들은 힘들어 보였다. 산 정상에서 주먹밥 같은 것으로 허기를 달래며 산 아래의 풍경을 감상한 후, 올라갈 때 고생했던 것하고는 다르게 스키를 타고 짜릿한 속도를 즐기며 내려오는 것이다. 정신이 흐릿해지기라도 하면 고드름으로라도 자신을 찔러서 빠짝 정신을 차릴 사람들.

차를 끌고 올라가 뜨거운 물에 몸을 담그고 있는 나와 산 정상을 향해 온 힘을 다해 오르는 사람들은 사뭇 대조적일 수밖에 없었다. 무릎을 치려 해도 몸을 물속에 담그고 있어서 그럴 수 없는 상황에서 나는 이렇게, 격하게 생각했다.

저 사람들은 마치 지구에 오늘 처음 와본 사람들처럼,

지구를 살고 있구나…….

우리 서로가
아주 조금의
빗방울이었다면

중심은 중요하다. 중심이 있음으로 '합'을 가능하게 한다는 면에서 아주 그렇다. 한 개인에게도 그렇지만 여러 사람이 어울려 친구가 될 때도 그 중심은 기둥이 되고 지붕이 된다. 플로리스트는 꽃다발을 만들 때 가장 생기가 좋은 꽃을 중심으로 해서 나머지 꽃들을 돌려 묶는다고 한다. 그렇다면 우리를 휩쓸고 지나간 많은 '친구'들은 왜 오래 묶이지 못하고 깨지거나 그중 일부만 남게 되었을까.

한 그룹의 친구들이 있었다. A는 귀여운 수준을 벗어나 지겨울 정도로 거짓말을 잘했고, B는 돈을 꾸고 꾸다 해외로 도주를 했으며,

C는 우리가 헤어진 시간이 한참 지났지만 안타깝게도 자살이라는 극단적인 방식을 택했다. 나는 그 세 사람을 이런 식의 일방적 시각으로 적고 있다면 그들은 나를 무어라 한 줄로 적을 수 있을까. 시간이 한참 지난 후인, 지금의 시점에서 서로 말이다.

또 한 그룹이 있었다. 꽤 친하게 지내던 네 사람 사이에 내가 나중 들어갔다. 내가 들어가자 그룹에 활기가 돌더라고 나 듣기 좋으라고 말했다. 정말이지 어떻게 그렇게 매일 만날 수 있을까 싶을 정도로 매일 만났다. 다섯이 모여야 합체였다. 이 그룹이 깨어진 이유를 돌아보니 서로 너무 좋아해서였던 것이다. 그리고 또 하면 안 될, 서로들 모두가 가족이라고 의미를 부여한 데 있었던 것 같다. 그렇게 산산조각이 났다.

또 여러 그룹을 열거할 수 있겠지만 생각하는 것만으로 입안이 쓰고 맵다. 지나간 것은 다가올 날들보다 백배 쓰고 맵고 짜다.

그나마 깨졌기 때문에 우리는 더 함부로 말할 자격이 있는 것인지도 모른다. 그 시절이 좋지 않았다는 것이 아니라 우리는 어떻게든 전체를 전체로서 여전히 이끌지 못했다는 것과 그 한 좋은 시절을 지금까지 이끌고 오지 못했다는 패배감을 어떻게든 덮어보려 쓰디쓴 사실만 부각하고 있는지도. 아니면 그래도 나는 최선을 다했단 말이야, 라면서 비열함을 덮고 싶은 것일까.

중심은 누구였고 무엇이었을까. 중심이 없었다면 그토록 만날 수 없었기에 그 질문에 무게를 실어본다. 중심을 확보하지 않으면 그룹은 존재하지 않는다. 문틀이 어긋나기 시작하면서 영혼이 빠져나간다.

인스타그램에는 만나고 헤어지는 사람들이 생중계되고 있다. 연애하는 모습이 모습만으로 좋아 보여 모르는 사람임에도 응원 삼아 팔로우를 했는데 얼마 후 한 사람의 모습은 온데간데없다. 이별 후에 과거의 장면까지 모두 삭제한 것이다. 삭제 키를 누를 때의 손가락은 어느 정도 마취를 한 상태였을까. 한때는 들끓고 암팡졌던 감정들을 지우는 손가락의 감정이 궁금하다.

한때 내가 살던 동네에는 수영장이 있는 아파트가 있었는데 거기 사는 사람이 자기한테 '잘 보이면' 수영장을 이용하게 해준단다. 수영장을 이용하기 위해 그 사람과 친해지면 어떨까 싶었던 적이 있었다. 남의 학교 큰 도서관을 이용할 때도 마찬가지였다. 바다가 보이는 별장이 있는 사람과도 친해질 수 있다면 나쁜 일은 생기지 않을 거라 생각한다. 게다가 온실에 물 주는 당번을 하라면 백번이라도 하고 싶다. 그렇게 친구가 되겠지만 그렇게 친구가 아닌 사이가 되고 만다.

— 그때 그 친구 잘 있어? 요즘도 자주 봐?

— 어? 아니, 그게…… 안 본 지 꽤 됐네.

그럴 때마다 왜냐고 묻는다. 묻지 말았으면 좋겠는데 어김없이 왜냐고 묻는다. 나는 그 사람을 흉볼 준비가 아직 안 되어 있는데도 자꾸 왜냐고 묻는다. 그래도 대답을 해야 할 상황이라면 그를 안 좋은 인물로 진술하고 만다. 미치겠다, 정말.

그런데 그 사람들은 모두 어디에 간 것일까. 돌이키려니 너무 멀리 와 있고 그곳으로 되돌아가자니 낡고 해진 걸 꿰맬 재간이 없다.

나는 누군가가 좋아질라치면 먼저 끝을 생각한다. 맨 끝 말이다. 좋아도 좋지 않아도 끝은 끝으로 끝나버리고 마는 결말 지점을 자연스럽고 좋은 것이라 치는 것이 나을 것 같다. 모든 관계는 시간 앞에서 감히 영원할 수도 없으며 감히 이상적일 수도 없으니 그렇게 끝은 끝인 채로 완성이 되는 거니까.

나의 어떤 경우는 처음부터 관계의 끝을 예감하기도 한다. 그렇다고 무섭지도 않다. 그냥 잘해주게 된다. 너무 잘해주다보면 나 스스로가 감동해서 내 콧등이 자주 시큰거릴 때가 있는데 끝을 생각하면 내가 더 잘해주는 게 맞는 것 같아 그런다. 미치겠다, 정말.

그런데도 사람들은 모든 관계에는 끝이 있다는 걸 정말 모르는 걸까, 인정하지 않으려는 걸까? 아니면 끝과 관련된 기억들을 락스로 빡빡 지우는 능력이 탁월한 걸까. 아무리 끝이 안 좋았노라고 모른 척하려 해도 '최고의 끝'이란 건 존재하는 것 같다.

'여행뽕'이라는 말이 있다. 여행중에 우리의 허전함은 어떤 특별한 시간이나 사건을 기대하면서 맥없이 허우적대기도 하는데, 딱히 안 그래도 될 것 같은 상황에서 어느 한 사람(혹은 그곳 분위기)에게 무작정 빠져들고 마는, 그러나 막상 여행지에서 돌아와서는 그 감정을 지속할 수 없는 상태를 말한다. 아무래도 약발이 떨어지고 마는 것이다. 화들짝. 여행뽕이라는 새로 만들어졌다는 그 말 앞에서 나도 모르게 동공이 열리고 마는 것은, 우리가 한때 같이 지낸 사람들과의 좋았던 시절은 그저 여행뽕이거나 '사람뽕'에 취한 상태에 불과한 건 아니었나 하는 생각이 문득 들어서다.

암호명은,
시인

카페 화병에 꽂아둘 꽃을 사러 꽃집에 들렀는데 노신사가 장미 한 송이를 사고 있었다. 노신사가 떠나고 그 모습이 하도 좋아 보이길래 주인에게 '참 보기 좋다'고 말했더니 며칠에 한 번씩 와서 그렇게 장미 한 송이만 사가는 손님이라고 했다. 아, 참, 멋지다……. 좋은 사람일 거란 상상을 하는 건 자연스러웠다. 늘 장미 한 송이를 사 가는 이유가 무엇일지 잠깐 궁금해하는 동안 나의 그 기운이 주인에게 전해진 것인지 주인이 이렇게 말했다.

— 혹시 시인, 아닐까요?

나는 순간 잘못 들은 것 같기도 하고, 나에게 하는 말인지도 모르겠어서 그저, 사선으로 고개를 끄덕였다.

언제, 런던에 갔을 때였다. 늦은 밤, 기차역에서 내려 숙소를 찾아가는데 신호등 옆에 나란히 서 있던 노신사가 어디를 찾아가냐고 물었다. 내가 대답을 하면서도 도저히 자신 없는 모습을 내비쳤던 모양이다. 자신이 그곳까지 데려다주겠다고 했다. 나는 괜찮다고, 혼자 찾아가겠다고 말하면서도 절반은 노신사가 잡는 방향에 기대고 있었다. 15분 이상을 걸어가는 길이었고, 15분 내내 길은 어두웠으며, 노신사가 원래 가려던 방향하고도 점점 더 멀어지고 있었다.

— 집에서 멀어지고 있군요.

내가 미안을 섞어 말했다.

— 가끔 집으로 가는 길을 잃어버리고 싶을 때도 있어요.

그가 내 말을 받으며 어두운 길을 밝혀주었다.

마침내 도착한 숙소 앞에서 노신사가 작별 악수를 청하며 내게 말했다. 자신은 시를 쓰는, 시인이라고. 그후로 런던을 생각하면 문장 하나가 떠오르는데 그때 그 일로 내가 만든 문장은 이렇다.

런던에서는 길 헤매는 사람을 안내해주는 천사가 있는데 그 천사는 이름 대신에 '시인'이라는 암호를 쓴다.

매일 밤,
여행을 마친 사람처럼
굿나잇

누군가와 여행을 함께하려고 하지 말라.
큰일난다.

갑자기 나에게 아무 일도 아닌 일로 붉어진 얼굴을 보이거나 어쩌면 짜증 섞인 소리로 뭐라 다그칠지도 모른다. 그냥, 아무런 이유도 없이 어긋나고 만다.

잠자는 시간도 습관도 다르다. 먹는 시간도 먹는 취향도 다르다.

어떤 분위기를 좋아하고 어떤 분위기에 휩쓸리는지도, 그곳에서 꼭 하고 싶은 한 가지의 목적마저도 다르다. 아무래도 어긋나고 마는 것이다.

혼자는 왜 안 된다고 생각하는지. 혼자여야만 가능한 단 하나가 있는데 그게 바로 여행이다.

그런데도 같이 가겠는가. 외로움과 두려움을 조금 해결해보겠다고, 나눠보겠다고, 굳이 누구랑 같이 가겠는가. 아니, 말리고만 싶다. 혼자 하는 여행의 긴장이 쌓이면 쌓일수록 외로움과 두려움 따윈 집 안에 아무렇게 굴러다니는 고무줄 같은 게 되고 만다.

혼자 여행을 해라. 세상의 모든 나침반과 표지판과 시계들이 내 움직임에 따라 바늘을 움직여준다. 혼자 여행을 해라. 그곳에는 없는 사람 이야기를 하지 않아도 되고, 더군다나 여기에서도 들었던 똑같은 이야기 따위는 듣지 않아도 된다.

혼자 여행을 한다는 건 나를 보호하고 있는 누군가로부터, 내게 애정을 수혈해주며 쓸쓸하지 않게 해주는 당장 가까운 이로부터, 더군다나 아주 작게 나를 키워냈던 어머니의 뱃속으로부터 가장 멀리, 멀어지는 일이다. 그리고 우리가 이미 알고 있다고 자신만만히 믿었던 것들을 검은색 매직펜으로 지워내는 일이다.

세상 흔한 것을 갖고 싶은 게 아니라면, 남들 다 하는 것을 하고 싶은 게 아니라면 나만 할 수 있고, 나만 가질 수 있는 것들은 오직 혼자여야 가능하다.

혼자 있는 그곳은 속깊은 문장을 알려준다. 내가 숱하게 화를 내야만 했던 일들을 떠올리며 공손하게 손을 모으게 한다.

혼자 여행하는 동안, 당장 누군가가 옆에 없어 힘이 드는 건 돌아왔을 때 사랑해야 할 사람을 생각하라는 빈 '괄호'의 의미이며, 혼자인 채로 너덜너덜해졌으니 봉합해야 할 것들이 있다는 말이다.

건성으로 살다가 치열하게 여행을 가도 좋겠다. 참을 수 있는 만큼만 눈물을 참다가 여행을 떠나서 실컷 울어도 좋다는 이야기다. 돌아와서는 '삶은 보기보다 치열한 것으로 이어진다'라는 철학으로 단단해질 테니.

우리가 서로의 가시에 찔릴까봐 서로의 안으로 발걸음을 옮기지 않았다면, 우리가 자주 추운 것이 얼음 속에 언 채로 갇혀 있는 나를 꺼내주는 뭔가가 없기 때문이라면, 미친 사람처럼 매일 아침을 여행으로 시작하라. 그러면 우리의 하루는 춤을 추면서 무대 위로 향한다. 남들이 보는 내 뒷모습도 달라 보인다. 손 씻으며 거울을 보더라도 지나치지 않고 자신에게 말을 걸게 된다. "어때? 너도 여행을 할 때면 녹아서 사라져버리는 기분이 들지?"라고.

일상을 여행하고 집에 들어와서는 매일 밤을 여행을 마친 사람처럼 잠들라. 그렇게 잠을 자는 것은 하루종일 많은 걸음을 걸은 나 자신을 껴안고 가라앉는 일임을 알게 되기를 바란다. 우리에겐 출신 성분의 비밀이 하나 있는데 우리 유전자 속에는 여행자의 피가 남아 돌고 있음도 받아들이기를 바란다.

벗꽃이 핍니다
벗꽃이 집니다

친구가 이혼하고 혼자 살기 어려워 한 사람과 같이 살기로 했는데 그 주인공은 바로, 그 친구의 어머니였다. 실은 어머니의 집으로 친구가 들어간 거였다. 어렸을 때부터 그랬던 그림 그대로가 되었다. 친구가 이혼을 하겠노라고 말했을 때, 친구의 어머니는 말했다.

— 아, 이혼이라는 게 있었구나. 난 왜 그 생각을 지금까지 한 번도 하지 못한 거니?

어머니도 뒤따라 아버지와 이혼을 하고는 혼자 우뚝 섰다.

그렇게 해서 어머니와 아들, 둘이 살기 시작한 게 얼마나 됐을까. 어느 해 봄이 막 시작될 무렵, 작은 마당에서 일을 하던 어머니가 갑자기 쓰러지면서 며칠을 넘기지 못하고 세상을 떠났다. 그 얼마간의 행복은, 행복이라 하기에 얼마나 짧았을까.

상을 다 치르고 마루에 가만히 앉아 있던 친구는 문득 몸을 일으켜 어머니가 손대다 만 마당을 치웠다. 낡은 의자는 친구가 앉기에는 금방이라도 부스러질 것처럼 삐걱거렸고 호미나 거름통, 물조리개 따위에는 아슬아슬하게 녹이 슬어 있어, 마음 한가운데가 삐걱거리고 녹이 스는 것처럼 아팠다고 한다.

작은 화단에는 어머니가 씨앗을 뿌려놓았는지 자잘한 새싹들이 자라나고 있었다. 친구는 그것만으로도 슬퍼져 고개를 들어 하늘을 보는데 벚나무에서 한 번도 핀 것을 본 적 없는 벚꽃이 피어 있는 게 보여 친구는 하염없이 눈물이 났다. 친구가 청년 시절부터 살던 집

이었지만 아침 일찍 나갔다가 저녁 늦게 들어오느라 집에 벚나무가 자라고 있는지조차 몰랐던 것이다. 어머니가 벚꽃들을 피워놓고 간 것 같았다. 어머니의 손이 아들의 이마를 어루만지는 것 같았다. 어머니와 친구는 벚꽃처럼 먹먹하게 맺어졌다. 어머니에게서 마당의 소란을 듣는 법을 배워두지 못한 자신을 자책하느라 친구는 그날 너무 울어서 얼굴에 벚꽃물이 다 든 것 같다고 했다.

내가 그 벚나무 아래 다시 갔다는 걸 당신은 알고 있을까. 그 벚나무 아래서 피어난 벚꽃잎 장수만큼 당신이 보고 싶었다는 걸 당신은 알까. 그 벚나무에 비가 내려 그 벚꽃들 다 떨어져 흐를 때까지 내가 그곳에서 당신을 기다릴 거라면 당신은 그 기다림을 알까.

벚꽃이 피는 것은 그 벚나무 가지에 누군가 얼굴을 기댄 적이 있기 때문이라는데 그렇다면 내가 세상 모든 벚나무를 돌며, 당신을 떠올리느라 무거워진 얼굴을 기댄 적 있다면, 당신은 그걸 알까.

벚꽃이 남으로부터 북상하는 이유가 내가 아래로부터 차오르기 때문이라는 것과, 당신 있는 곳을 찾아 헤매느라 따뜻한 곳부터 더듬어 올라오기 때문이라는 걸 아마 당신은 모를 것이다. 모르고도 모를 것이다.

당신을 만날 수 없을 것 같으니 저희끼리라도 손을 잡겠다고 저리도 가지들이 손길을 뻗는 것인지도 모른다. 저리 희디흰 손톱을 매달고 소란스레 팔랑거려서라도 내가 거기 앞에 서 있다고 알리려는 것인지도 모른다.

나의 모든 사랑은 첫사랑이었다.

아무도 나를 사랑해주지 않아도 되는 첫사랑이었다.

그래서 목이 타고, 다리를 절고, 심장이 하얗게 타곤 했다.

이번도 첫사랑이라 나는 어렵다.

알몸으로 힘줄을 세우던 벚나무가 화르르 식어갈 때,

차마 나도 사랑을 끝내고 흩날릴 것이다.

그렇게 첫사랑이어서 짧을 것이다.

당신이 아니면 안 될 것이지만

당신이라서 그걸로 된 것이다.

마음이 흔들리는 것으로 다가 아니라,

나 이렇게만은 살 수 없는 이유가

이토록 절절하다는 데 있는 것일 텐데

내가 세상에서 없어진 다음에 당신이 그것을 알면

나 얼마나 마음이 더 아플까 싶다.

내가 세상에서 사라진 다음에도

내가 울음 운 자리에 벚꽃물이 들어 빠지지 않는다면

나 얼마나 마음이 시릴까 싶다.

그림으로
사랑의 모양을
그려보세요

얼마 전 감명깊게 본 영화의 제목은 〈사랑의 모양〉이다. 원제는 〈The Shape of Water〉로 '물의 모양' '물의 형태'라는 의미쯤 된다. 물과 사랑의 모양은 시적으로도 철학적으로도 그대로 닮았으니 이 멋진 제목을 붙인 이가 누구인지 자못 궁금해진다.

누구를 만나느냐에 따라 사랑의 꼴도 다르다. 누구를 사랑하느냐에 따라 내가 얼마만큼의 사람인지를 알게 된다. 또한 누구를 어떻게 떠나보냈는지가 남은 사람을 입체적으로 성장시킨다. 너무나도 당연한 이치.

Dr. Althea

Random acts of kindness

Long hugs   Smell of rain   Starry nights

~~Falling in love~~   Getting lost in a book

Morning mist on untouched fields

한 사내가 있다. 이 사람에게는 만나는 여자친구가 있다. 이 남자는 일 년에 몇 번 만날까 말까 한 여자친구가 생각날 때마다 선물을 사서 모은다. 그리고 만날 때 폭탄처럼 산더미 같은 선물을 쏟아놓는다. 내가 이상해서 물었다. 받는 사람은 기뻐하느냐고. 그러면서 왜 일 년에 몇 번밖에는 만나지를 않느냐고.

그냥 그 정도의 사람이란다. 서로에게 있어 딱 그만큼인 사람. 좋아하고는 있지만 간절하지는 않은 관계일 거라고 나는 정리해서 알아들었다. 하지만 그런 형편의 사람이라고 한들 사랑이 필요하지 않은 것은 아닐 터인데 그들은 그렇게 거리를 두고 사랑을 하고 있다. 그 또한 사랑인 채로.

이 이야기를 꺼내는 이유는 요즘엔 사랑인지 아닌지 모르는 채 애매한 감정으로 만나고 있는 연인들이 많다는 느낌이 들어서다. 그 색이 짙지도 않고 감정이 치열하지도 않은 채로 사랑하는 상태를 그들은 사랑이라 한다. 이 또한 시대의 색깔일까. 차오르는 육체의 감정을 해소시킬 대상을 만나는 것이거나, "사귀는 사람 있어요?" 같은 세상의 잦은 질문들에 대답하기 쉬운 상태에 놓이기를 바라는 것일까. 허전한 공백 상태를 못 견디는 세대의 특성이 시대의 물살을 맹물 같은 사랑으로나마 건너고 있는지도 모른다. 이런 경우, 관계를 통해 위로는 받을 수 있을지라도 요긴하게 성장을 할 수는 없다는 생각이다. 사랑에 온전히 몸을 박고 들어가 있지 않은 상태, 사랑에 몸을 들여놓지 않은 상태이기 때문이다. 줄기가 없으니 사랑의 양분이 가닿을 곳이 없는 형국이다.

사랑을 하느라 아파하는 것은 성장통을 앓고 있기 때문이다. 사랑이 많은 질량의 고통을 포함하고 있는데다, 인류가 사랑이 끝났음에도 여전히 헤어나오질 못하는 것은 고통의 바닥에 고여 있는 단물에 빨대를 대고 있어서다. 이건 마치 성장주스와도 같다. 그 한 사람을 사랑했는지 아닌지를 구분하는 방법 가운데 하나는 그 사랑으로 자신이 많이 성장했는가를 따져보는 것이다. 혼돈의 대륙을 통과하면서 방황하지 않은 사람에게 삶을 읽어내는 능력이란 없다. 사랑은 끝나지 않는다. 그때부터 성장은 시작된다.

라식을 하기 위해서는 사전에 눈물을 측정한다. 수술 후 안구건조증 등의 문제를 고려해 어떤 눈물을 가지고 있는 사람인지를 미리 체크하는 것으로 눈물의 양과 눈물의 질 모두를 검사한다. 사람마다 눈물의 양이 있으며 사람마다 눈물의 질도 모두 다르다는 이야기다.

건강한 눈물이란, 눈동자를 감싸고 있는 수분이 양적으로 충분하고 풍부해서 좋은 눈물이다.

눈물은 세 가지 층을 가지고 있는데 이 세 개 층의 원활한 역할이 결국 눈물의 질을 결정한다고 한다. 점액층은 각막의 표면을 평탄하게 해주고 평소의 정상적인 습윤 상태를 유지시켜주며, 중간층은 항균 작용을 하면서 온갖 외부로부터 침입한 이물질을 제거해주고, 표층은 장벽을 만들어서 자체적으로 생기는 좋은 눈물의 넘침과 증발을 막아준다.

눈물이라는 게 마음이랑 어쩌면 이 정도로 똑같이 닮았나 싶다.

마음의 안과 바깥이 스스로 자정 역할을 다하지 못할 때 우리는 뿌리까지 힘들 수밖에 없다. 마음이 얼마나 건강한지, 마음이 얼마나 풍부한지는 사랑을 해본 사람만 확인 가능하다. 사랑을 겪은 사람이, 그리하여 사랑에 질문을 해본 사람이 마음을 사용할 줄 알 것이며, 마음을 쓸 줄 안다는 것은 단단하고 유연해진 마음 위로 내려 쌓이는 잡다한 원인들을 흡수하거나 증발시킬 수 있다는 말이다. 마치 눈물처럼.

내가 생각하는 사랑의 다른 이름은 '생각한다'이다. 더 정확히 말하자면 사랑이란 '생각한다, 생각한다, 생각한다, 생각한다의 연속선'이다. 오죽하면 '사랑'이란 말의 어원이 '사량' 즉 '생각의 양思量'이라는 설도 있겠는가. 어떤 경우에도 한 대상이 생각이 나고, 어떤 상황에서도 한 사람을 향한 생각이 불쑥 모든 것을 앞질러 덮는 형편 혹은 경로가 사랑이다. 이 화학 작용 앞에서는 누구도 포로가 된다. 감당이 어렵다. 이런 반복을 통해 대상을 가까이 느끼려 하고 이내 가지려 할 것이므로 결국 '생각'은 표적을 거느린 '화살'인 것이다.

사랑하는 두 사람 사이에 줄자가 있다. 사랑은 이 줄자를 놓치지 않으려 하면서 좀더 가까운 거리로 당긴다. 안간힘으로 당겨보지만 실제 느낌과는 다르게 좀처럼 가까워지지도 않는다. 우리가 사랑을 하고 있는 상태라면 그 거리가 몇 센티인들 적당하다고 믿겠는가.

사랑을 하려는 마음에는 사랑을 받으려는 넓은 '대륙'이 차지하고도 있다. 자기 자신을 사랑하는 사람만이 할 수 있는 것이 사랑이려니, 자기 자신을 증명해내는 일이 사랑이기도 하려니 그래서 그 욕망의 대륙은 점점 더 손을 쓸 수 없을 정도로 드넓어져 간다. 그러기에 지독히 앓을 뿐이다.

여기, 세상에서 가장 뜻이 긴 단어가 있다. 동시에 의미가 간명한 단어이기도 하고 또 역시 세상의 그 어떤 말로도 번역하기가 난감한 단어라고 하는데 바로 Mamihlapinatapai(마밀라피나타파이)다. 칠레 최남단 섬에 사는 소수민족인 야간Yaghan족이 쓰는 단어로 뜻은, '서로에게 꼭 필요한 것이면서도 어떤 일에 대해서 상대방이 먼저 마음을 앞세워주기를 바라는 마음으로, 두 사람 사이에서 조용하면서도 긴급하게 오가는 미묘한 눈빛'이다. 아주 긴 의미를 가지고 있는 동시에 타국의 언어로 번역하기 가장 난감한 단어로 기네스북에 등재되어 있다고 한다.

이 단어 하나는 사랑이 필요한 사람이나 사랑을 하고 싶은 사람에게 꼭 맞는 단추를 채워준다. 사랑의 정의는 한 단어로는 어림도 없을뿐더러 저 단어만큼이나 길고도 길다. 적어도 사랑은 '정답'과는 거리가 멀다. 차라리 사랑은 모든 답을 거부한다. 그렇기에 세상에서 가장 유일한 '무엇'이 있으니 바로 '이것' 아니겠는가. 사랑.

봄이 온다. 꽃은 피어난다. 꽃이 피어난다는데 어떤 예감이 들이치면서 우리 가슴께는 미어지게 아프다. 그러니 이 봄이 주는 마음의 부담을 따라, 전율해야겠다. 사랑의 혼돈 속에서. 그러다 사랑으로 버틸 수 없는 날에는 사랑의 모순 속에서, 사랑의 중력 속에서 사랑의 두 팔을 꼭 잡고 피겨스케이트를 타야겠다. 아니다. 히치하이킹이란 말이 생각나질 않아 그만 피겨스케이트라는 말을 잘못 써버렸다.

인기척,
그 사랑의 신호

어려서 놀던 놀이 중에 '인기척'이라는 놀이가 있었다. 나는 충청도의 아주 깊은 산골에서 태어나 자랐는데 그곳 출신의 사람들 말고는 그 놀이를 알고 있는 사람을 여지껏 만나본 일이 없다. 그 놀이는 정말 내가 살았던 산골 마을에서만 놀았던 놀이였을까.

그 놀이는 해가 지고, 완전히 어두워진 시간에만 가능했다. 놀이에 참여할 인원은 최소 넷 이상이어야 하고 많게는 열 명이 넘어도 상관없다. 사실, 인원이 많을수록 재미있는 놀이다. 일단 놀이에 참여할 친구들이 모였다면 두 팀으로 나누어야 한다. 열 명이 모였다면 5:5로 나뉜다. 그런 다음, 달빛이 없다면 한 팀에 랜턴 하나씩을 나눠 갖고 '숨기' 시작하면서 놀이는 진행된다.

한 팀이 꼭꼭 숨은 다음, 밤하늘을 향해 '인기척'이라고 외친다. 나머지 술래가 된 팀은 그 소리가 들리는 방향을 따라 숨은 팀을 수색하기 시작한다. 몸을 숨긴 쪽이 여러 명이 되다보니 역시나, 인기척을 참는다는 게 쉽지는 않다. 게다가 술래가 웃기기까지 한다면.

인기척이라는 말은 '사람이 있음을 알 수 있게 하는 소리나 기색'을 의미한다. 한마디로 인기척이라는 놀이는 내가 있는 위치를 알리면, 당신이 그곳을 찾아 나서는 행위다.

인기척을 내지 않으면 그 밤 내내 온 마을을 다 뒤져야 하고 어두운 다리 밑이나, 누구네 집 헛간에 숨어 있어 아무도 찾아와주지 않는다면 온통 그 밤이 무서운 것은 당연하겠다.

어서 인기척을 알려야 한다. 혼자 그러고만 있을 건 아니다. 누군가의 곁에 가까이 있음을, 내가 당신 곁에 있음을 달빛이 대신 말해줄 거라고 믿지는 말라. 거칠게 목청을 사용하지 않으며 최대한 악기 같을수록, 부드러울수록 좋다. 그 사람을 닮을수록 좋겠다.

물론 인기척을 내더라도 그 인기척을 알아채지 못하는, 무심한 사람이라면 달빛의 기운이라도 빌려야 하겠지만 말이다.

사랑은, 특별한 것이 아니라 그저 인기척일 것이라고 나는 생각한다. 당신에게 내가 보이지 않는다는 것은 상상하기도 싫어 나는 연기하듯 인기척을 내면서 의식한다.

당신은 내 인기척으로 하여금 나에게 안부를 묻고 싶은 생각이 들 것이며, 나와 저녁을 함께할 생각을 하게 된다.

어느 낯선 카페나 어두운 골목에 가서 알게 되는 것 중에는 그곳에 누군가 남기고 갔을 감정의 인기척들이 고스란히 남아 감돌고 있다는 사실들이다. 그곳에는, 우리가 낸 소소한 마음의 인기척들이 세상에 의해 섬세하게 녹음되고 있다는 느낌마저 든다.

인기척을 더 내야 했었다. 그저 부스럭거림이 될까봐 아주 거슬리는 무엇으로 당신을 방해하게 될까봐 나는 속으로 몇 번 인기척을 삼키었다.

'모든 우리는 연결되어 있으므로 우리는 하나이다'라는 아메리카 인디언들의 말을 믿기로 한다.

마치 물고기의 지느러미가 흔들리듯
인기척을 내야 할 순간은 온다.
그 순간이 온다면 여든여덟 개의 건반 모두를 사용해야지.
사용하되 모든 건반 음이 다 강해야 한다는 강박에서 벗어나야지.
세상의 수많은 인기척을 다 모른 체하고 당신이 몸을 돌려 나를 봐준다면
그리고 그렇게 사랑을 시작하게 되면
우리는 한 번의 인생을 더 살아가게 되는 거라는 걸 알아가야지.

사랑을
시작하라는 말

이 지구상에 딱 두 개의 나라만이 존재한다면? 그 두 나라 가운데 하나는 '행복을 원하는 사람들이 모여 사는 나라'이고 또하나는 그 반대인 '행복을 원하지 않는 사람들이 모여 사는 나라'라고 한다면.

'행복을 원하지 않는 사람들이 사는 나라'에는 수가 적기는 해도, 무작정 행복만이 다가 아니라는 철학을 가지고 사는 사람들이 모여 살 것이다.

그렇다면 이번에는 국가의 개념 자체는 없고, 지구 어디든 정해진 구역만 갈 수 있는 칩 하나가 우리 몸에 이식되어 있다면? 그러니까 어떤 사람은 굉장히 큰 그림을 그리며 지구의 여러 장소들을 순회하면서 살고 어떤 사람은 아주 작고 미세한 폭을 유지한 채 제자리걸음을 하면서 산다면?

우리는 새장 한쪽 구석에서 새장의 이쪽 구석으로 매일 출근한다. 하늘을 올려다본 지 오래되었으며 빈 밥그릇만 쳐다본 지 오래되었으며 다른 새장으로 이동하는 일을 두려워하거나 포기했다.

사람은 자기가 속한 세계 안에서 끊임없이 서성이며 살고 있다. 행복을 말해야 할 때 인용할 거리는 적고, 가고 싶은 곳도 적고, 살아야 할 시간마저도 적다. 이렇게 적은 것으로 가득찬 세상에 우리는 태어난 채, 그저 버려져 있는 느낌이다. 그러기에, 그것이 무엇이든 우리의 반경을 조금이라도 넓혀줄 것 같으면 우리는 기꺼이 그것을 위해 모든 에너지를 다 쏟을 의향이 있다.

하지만 그 무엇이, 무엇인지 우리는 잘 모른다. 잘 모른다는 사실조차 모른 채 깊은 밤이 오면 이불을 끌어다 그저 심장을 상처 난 자리처럼 덮는다.

후배는 사랑을 힘들어하고 있었다. 사랑은 힘든 거라고 내가 알고 있는 것처럼 후배도 정확히 그걸 겪고 있는 모양이었다.

사랑은 촘촘해서일까. 그 누구보다도 자기를 지키려는 본능 때문일까. 사랑은, 왜 그럴까라고 묻지 말아야 한다. 사랑이 하는 일은 집요하다. 힘들게 붙였다가 힘들게 떼어놓는 일.

— 여자친구, 잘 만나고 있어?

대답이 시원치 않았다. 관계에 체한 것 같았다. 그래서 캠핑장으로 오는 내내, 차 안의 공기가 그랬구나 싶었다.

— 나는 엊그제, 너와 같이 만난 A가 좋아. A가 너랑 어울린다고 생각하는데…….

후배의 반응은 두 가지였다. 형의 말에 전적으로 동감은 하지만, 형의 말이 도대체 영 알아들을 수 없는 외래어 같은 건 지금 아직 여자친구를 만나고 있다는 사실 때문이다.

만나고 있다고 다 사랑하는 건 아니다. 지금 만나고 있는 그녀에게서 헤어지자는 말이 몇 번이나 나왔다면 이미 잔금이 가기 시작한 것이고 그걸 주섬주섬 봉합하려는 너는, 이성 때문에 그러는 것이지 네 영혼이 시켜서가 아닌 거다. 무슨 얘기냐 하면 가만히 네 영혼에게 물어보라는 이야기다. 네 사랑을.

답을 알고 있다고 혼자만 답을 알고 있지 말고 질문이 뭐였는지, 질문이 어디서 왔는지 물어보라는 얘기다. 네 사랑에게.

사람들은 아파트 평수에만 연연해하고 아파트 공간의 높이에 대해선 관심을 가지지 않는다. 난 참 그것이 신기하다. 어떤 아파트냐에 따라 높이도 제각각 다르다. '높이야 거기서 거기지' 하는 식으로 생각하는 것과 '사랑이 그렇고 그런 거지 뭐. 살아보면 누구랑 살아도 다 똑같아'라는 생각은 참 많이도 닮았다. 한계에 눌려 사는 인간의 한계를 닮았다.

나는 후배에게 나무를 구해 오라고 시켰다. 후배가 구해 온 수북한 나무에다 성냥불을 붙여 모닥불을 피워주었다. 불 앞에서는 하고 싶은 말들도 타고 없어진다. 그래도 나는 말했다.

후배에게 사랑을 옮기라고 말했다.

이 좁은 세상은 좁은 것으로도 모자라 아주 짧게 구성돼 있다. 사랑하지 않을수록 우리에게 주어진 새장의 면적과 시간의 덩어리는 점점 좁고 작아져만 간다. 한 번 태어난 인생인데 몇 번이나 사랑을 한다고 사랑 앞에서 사랑을 참아야 하는 건지.

그러니 사랑을 시작하라고 말했다.

사랑을 버리라는 말이 아니라, 단지 사랑을 시작하라는 말이었다.

만나고 싶은 사람은
만나게 되어 있다

어린 시절 나는 양볼엔 물감통 하나씩 들어 있었는지 금방 얼굴이 붉어지고, 땅에는 늘 뭔가를 흘렸는지 누군가와 눈이 마주치면 눈을 아래로 내리는 아이였다. 여느 아이들처럼 당신도 그랬으리라.

　누나들과 남동생을 데리고 무작정 상경하신 부모님을 포함해 우리 모두의 서울살이는 쉽지 않았다. 그 쉽지 않은 날들의 연속이었던 어느 날이었다. 나는 벌떡 일어나 책가방을 들고 집을 나섰다. 물론 우리 작은 집에는 아무도 없었고 그것이 서러웠고 나는 학교에 가지 않으면 혼난다는 절대적이고도 묘한 강박에 사로잡혀 어쨌든

학교로 가는 길에 접어들었다. 그때 한 어른이 나에게 말을 걸었다. 보통 같으면 절대 대답을 하지 않았을 나였는데 그때 대답을 했던 것이 그나마 다행이었다.

―어디 가니?

물론 내가 처음 보는 어른 같은 청년이었다. 시장 사람들이 타는 커다랗고 까만 자전거를 타고 있었다.

―학교 가요.

자전거에서 날렵하게 내리면서 청년이 말했다.

―그럼, 내가 데려다줄게.

난 싫었다. 낯선 사람에 대한 경계심 같은 거였다. 학교 가는 길을 잘 알고 있었기에 이제부터는 그와 대화를 하지 않으려고 눈을 깔고 가는 길에만 신경을 썼다. 그 사람은 자전거를 끌고는 나와 걸음 속도를 맞추면서 어느 초등학교를 다니는지 친한 친구가 몇인지, 선생님은 어떤 분인지 따위를 물었던 것도 같다. 그러고 얼마 뒤, 나는 그가 한 말에 그 자리에서 얼어붙었다.

―길을 한번 봐봐. 학교 가는 애들이 하나도 없는데 너만 학교에 간다고 하고 있어. 학교에 뭘 두고 온 거니?

아…….

나처럼 작은 아이들이라면 집으로 다 돌아갔을 시간에 책가방을 메고 학교에 가는 게 그 사람 입장에선 너무 이상했던 것이다. 날은 밝아가고 있는 게 아니라 점점 어두워져 가고 있는 상황에 말이다. 그러니까 여덟 살, 초여름의 저녁 무렵이었다.

아무리 혼자 잘난 척을 해도 세상을 혼자서는 살아갈 수 없다는 생각을 할 때마다 나는 그날의 혼미한 기억을 가끔 꺼내보곤 한다. 어리숙하게 청춘의 고갯길을 넘을 때마다 낮잠에 취해 잘못 나선 어린 시절의 등굣길이 적나라하게 겹쳐지곤 해서다.

누군가의 보호 없이 살아간다는 것이 가능하긴 한 것일까. 하물며 선인장도 최소한으로나마 의지하는 자연적 요소가 있을진대 누군가의 상호보충적인 요소 없이 살아간다는 것은, 과연.

그리고 그때 낯선 사람에게 들었던 '데려다준다'는 말.

일본 야마가타山形의 명산인, 하구로羽黑 산에 갔을 때의 일이다. 마침 단체로 산행을 온 일본의 여러 고등학교 학생들과 마주쳤다. 나는 호젓하기를 기대했던 산행을 방해받을까 미리부터 걱정했지만 학생들은 눈이 마주칠 때마다 씩씩하게 인사를 건네왔는데 나도 인사를 나누는 것이 나쁘지 않았다. 그 시절의 아이들은 건강하고 웃음이 많고 그에 못지않게 수줍음도 많고 혼자라는 시간의 개념에 대해 눈을 뜰 시기일 테니 일찍이 산의 특별한 기운을 느껴보는 체험도 참 좋겠다 싶었다.

산에 거의 올라 정상 즈음에서 잠시 쉬고 있는 중이었다. 한쪽에서 여학생들이 내는 소리가 소란스럽길래 고개를 돌렸더니 아이들에 둘러싸여 있는 한 여성이 보였다. 일단 여성의 키가 꽤나 컸다. 아이들이 그 여인에게 사인을 받으려고 바동거렸다. 산에 오르느라 축 처져 있던 학생들이 물을 뿌려놓은 식물처럼 생생하게 살아났다.

예사롭지 않게도 아이들이 그녀를 부르는 호칭이 '선배'여서 나는 소녀들 옆으로 발걸음을 옮겨갔다. 쫑긋, 귀를 기울인 결과 그녀는 바로 소녀들이 다니고 있는 여학교 출신의 배구 선수였다는 걸 알 수 있었다. 아주 유명한 스타 선수 같았다. 저 아이들은 얼마나 기쁠까. 그 아이들의 특별한 기쁨은 또래의 다른 학교 학생들의 부러워하는 시선에서 확연히 느낄 수 있었다. 아이들은 산행에서 우연히 만난 존재에 대한 강력한 기억을 그날의 일기에 적거나, 오래 가슴에 여미고 살아갈 것이다.

나는 그 우연들이 학교측에서 부러 마련해놓은 '우연을 빗댄 설정'들은 아니었을지 생각해보았다. 우연히 아이들과 마주치게끔 학교에서 선배를 초대한 것이라면…… 나는 그 상상만으로도 가슴 밑바닥이 뜨거워졌다.

인생의 중요한 속도는 명장면이 견인해준다고 믿는다. 인생의 중요한 방향도 그렇다. 그러니 청춘이라면, 명장면 속의 주인공을 만날 준비를 하고 있어야 한다. 우리는 자주 우연과 운명을 헷갈려 한다. 우연도 운명도 손수 만들 수 있다는 생각을 몸으로 지켜야 한다.

나를 일으켜 세우기 위해 안간힘을 써봤지만 그저 그 스스로의 안간힘에 짓눌리기만 했던 청춘의 한때. 내 안에 튼실한 기둥 하나를 깊숙이 잘 박아놓아야 한다는 걸 그때는 몰랐다.

나는 왜 무엇이 잘나서 좋아하는 사람, 따르고 싶은 사람, 닮고 싶은 사람, 만나서 이야기하고 싶은 사람을 만들어놓지 못했던 걸까.

적어도 누군가의 영향권 아래 있다는 것이 보호막이 돼준다는 사실을 조금 일찍 알았더라면 그 청춘의 눈보라를 힘겹다고만 하지 말고 결국엔 그 안으로 씩씩하게 걸어들어가 명장면을 만났어야 했을 것을.

이 삶을 장악해야 한다. 그러기 위해서는 내 인생길 위에서 누구를 마주칠 것인가 기다리지 말고, 누구를 마주칠 것인지를 정하고 내 인생길 위에 그 주인공을 세워놓아야 한다. 만나고 싶은 사람은 만나게 되어 있다는 믿음이 우리를 그 사람 앞에까지 '데려다준다'. 그리고 그 믿음의 구름층은 오래 우리를 따라오면서 우리가 지쳐 있을 때 물을 뿌려주고, 우리가 바싹 말라 있을 때 습기를 가득 뿌려준다.

청춘은 이 삶을 압도해야 한다.

나는 어떤 사람인지를
말할 때도
우리는
선택해야 한다

미용실에 앉아 있다. 머리를 잘라주던 여성이 머리카락의 잘린 상태를 확인하느라 한 방향으로 서글서글하게 빗질을 하면서 묻는다. "이쪽이시죠?" 머리 빗을 때의 가르마 방향을 저렇게 묻기도 하는구나. 그 미용실에 세 번을 더 갔는데 그때마다 그녀가 묻는다. "이쪽이시죠?" 여러 번 나는 장난스레 반대쪽이라고 말하고 싶어지는 걸 참는다. 미용실에서 나와 차가 안 다니는 길의 신호등을 무시하고 그냥 건너려다가도 참는다.

　평소 존경하는 신부님과 구례 화엄사엘 갔다. 예상하지 못한 밝음이 넘치는 화사한 봄날이었다. 그곳에서 여러 스님들과 함께 차 마시는 시간을 가졌다. 종교적으로 무엇도 따르지 않는 입장임에도 모든 것들이 넘치는 과분한 시간이어서 그랬을까. 벚꽃이 핀 내리막 길을 걸으면서 나는 나에게 가만히 물었다. "이쪽인가요? ……어느 쪽입니까?"

선택해야 할 순간에, 막상 선택보다는 망설이는 시간들이 쌓이고 쌓이는 것이 사는 일의 속성이겠지만 언젠가부터 나는 망설이는 일을 그만두기로 했다. 무조건 선택하고 나서 후회할 때 후회하더라도 왠지 그것이 살면서 뭔가 밀고 나가는 기분이 들어서라고 해야 할까. 말해야 할지 말아야 할지를, 뭘 먹어야 할지 특별한 것을 먹어야 할지를 망설여야 하는 시점 앞에서 나는 어떻게든 박력 있게 정하는 일을 먼저 했다. 결과는 나쁘지 않았다. 뭐든 일단 저지르고 마는 유형의 사람이 되겠다고 입장을 정했다 해서 안 좋은 결과만 따라오는 건 아니니까.

이 길을 가야 하나, 저 길을 가야 하나. 이 길을 가면 금방 갈 것 같은데 이 길은 도저히 자신이 없다. 저 길을 가면 멀리 돌아서 가는 억울한 기분이 들지만 숙명처럼 그 지도를 따라야 할 때도 있다.

그냥저냥 만나는 사이도 있기 마련인데 일방적으로 한 사람만 감정의 비중이 과하다면 그 관계는 재미없는 쪽으로 흐른다. 그 사람은 꼼짝도 않는데 나만 열을 내고 화를 내면 내가 괴물이 된다. 그 사람은 나에게 1도 관심이 없는데 내가 그 사람을 1000을 사랑할 때도 나는 괴물이 되고 만다. 그렇다고 하더라도 좀 참으라며 그 반대 방향으로 나를 차분히 잡아끌어내는 일은 쉽겠는가.

나는 어떤 사람인지를 누군가에게 말할 때도 우리는 선택해야 한다. 의식하지 않는 동안에도 우리는 선택하는 일 앞에 서 있다. 둘 중의 하나. 선택을 하면서도 그것이 자연스럽다는 사실조차 의식 못하는 상태에 놓인다. 그전에도 그랬을까. 이백 년 전에 태어났더라도 이토록 선택해야 할 일들이 즐비했을까. 자잘한 것이든 커다란 것이든 선택은 행복에 관여한다. 행복하지 않겠다는 입장을 취하는 선택이란 존재하지 않는다. 그래서 선택은 '싸움'의 다른 개념이기도 하다.

그러니까 둘 중의 하나.

혼자가 좋을까, 둘이서가 좋을까.

함께가 아닌 혼자 바에 가고, 혼자 극장에 가는 것. 혼자 여행을 하고 혼자의 시간을 독차지하는 것. 그 선택은 무엇으로 떠밀려서 하는 행동이 아니며 고통스러운 잠행도 아니다. 그렇게 혼자 아무 일도 일어날 것 같지 않은 순간에도 누군가와 눈을 마주치고 싶어지고, 그 작은 마주침으로 위로받을 수 있을 것 같은…… 아주 잠깐 괜찮은 상태에 놓이는 것 역시도 예견된 선택일 테니.

시선을 의식하는 사람인가, 아닌가.

누구의 말을 잘 듣는 사람인가, 아닌가.

외로움을 견디는 사람인가, 외로우면 그걸 참지 못해 기어이 누굴 찾고 마는 사람인가.

뭘 잘 두는 사람인가, 뭘 어디에 두었는지 몰라 늘 찾느라 헤매는 사람인가.

닭발 같은 것을 먹을 때 비닐장갑을 왼손에 끼는 사람인가, 오른손에 끼는 사람인가. 아니면 비닐장갑 끼는 걸 싫어하는 사람인가.

누군가가 내 이야기를 하고 다녀도 괜찮은 사람인가, 금방이라도 죽을 듯 분해서 못 참는 사람인가.

얼굴에 나타나는 사람인가, 얼굴 안쪽에 숨기는 사람인가.

하지만 우린 어떤 식으로든 알게 되었다. 선택의 무수한 과정을 통해 비로소 알게 된 '나'라는 사람의 해부도를. 누군가에게는 별스럽겠지만 나 스스로는 별거 아닌 그렇고 그런 취향을 가진 '나'라는 사람의 메뉴판을.

사랑이 그랬다. 사랑을 하는 동안에는 사랑만 있는 줄 알았다. 사랑이란 건 히말라야만큼 크니까. 사랑이 나를 활활 살게 하니까.

사랑이 끝나고서야 사랑이 아닌 다른 게 있는 걸 알았다. 사랑이 끝나고 나면 죽는 줄 알았는데 어느 날 정신을 차리고 보니 나는 푸드덕푸드덕 살려고 하고 있다.

그래서 우리는 과거의 조각조각까지도 선택한다. 그때는 그랬을 리 없을 상황들을 이제는 꺼내보며 내가 원하는 상황으로 재배치한다. 나의 관점, 나의 고집으로 인해 별로 좋게 기억될 만한 사건이 아닌데도 시간이라는 망사를 이용해 그때 일을 통과시켜 재편한다. 그렇게까지 안 좋은 기억일 리가 없다고 퉁치면서까지. 내가 편해지는 것이 되게끔 뭉쳐놓는 것, 그것도 기억이니까. 지나면 별일 아닌 것이 된다. 지난 일들이 칙칙하고 아픈 일투성이면 닥쳐올 날들도 칙칙하고 아픈 일투성이일 거란 걸 모르지 않기에 알음알음 추억을 재편하려는 것도 본능이 시키는 일이다.

현실에서 캐낼 수 있는 어떤 것들은 조각조각만으로 힘이 된다. 마음가짐 하나로 조작되었던 선택지까지도 우리가 살아가는 데 단단히 힘이 된다.

사랑할 때도 너의 등을 사랑하는 건 괜찮다. 너의 정면을 사랑하는 것보다 덜 눈부시고 덜 아프다. 비겁한 일이지만, 비겁하면 덜 아프다.

바람이
통하는 상태에
나를
놓아두라

바람은 붙잡을 수 없다. 붙잡을 수 없는 유일한 것이 되었다.

　이기주 작가의 산문집 『한때 소중했던 것들』의 교정지를 들여다보다가 잠시 책상의 모든 진행을 멈추었다. 원고 속에 등장하는 영화 〈파이란〉에 대한 작가의 글을 읽다가 오래전 기억이 되살아나서였다. 아주 오래전 최민식 배우를 만나 술 한잔을 기울일 일이 있었다. 그 당시 최민식 배우는 〈파이란〉의 촬영을 끝내고 개봉을 기다리는 중이었는데 극 속에서 몇 달을 살았던 배역으로부터 도무지 헤어나오질 못한다며 연신 술잔을 비워냈다.

— 많은 역할을 해봤지만 정말이지 이번 배역은 너무너무 아프네요.

그전에도(물론 그후로도) 그는 수많은 배역 속에서 거의 모든 역할을 열심히 살았고 또 가슴으로 지켜왔을 것이지만 동시에 아, 어쩌면 배우는 이런 삶을 사는 인간적인 위치의 사람일 수 있겠구나 싶어 마음이 성큼 가까워졌던 기억. 그의 그런 입장을 헤아리는 동안. 그리고 내 머리가 축축하게 무거워지는 사이. 그가 눈물을 흘렸다. 그것도 몸을 구부려 꽤 많은 양의 눈물을 쏟아냈다. 배우에게서 한 사람의 꺼풀이 벗겨진 상태를 목격할 때 우리는 그에게 빠지지 않을 수 없다.

눈물을 흘리지 않는 삶에 나는 반대한다. 우리가 눈물을 흘리면서 살아갈 수만 있다면, 그것이 눈물을 흘리지 않으려고 애쓰면서 사는 삶보다 훨씬 더 쉽다는 것도 알게 된다. 눈물은 막을 수 없는 것이 되었다. 영화 촬영이 끝나고도 훌훌 털어낼 수 없는 상황에 놓인 그에게, 그래서 일상으로 돌아오기조차 힘겨운 스스로를 어떻게든 껴안고 살고 있다는 사실에 경의가 일었다. 그래, 굳이 헤치고 나올 필요 없는 고통도 있다. 그는 정작 모르고 있었겠지만 그 모습은 단단히, 자신의 삶을 지켜내는 자체가 아니고 무엇일까.

그녀를 안 지 얼마나 됐을 때였을까. L은 독자로 만난 사이였다.
— 이병률이 글을 쓰는 것은 뭐 때문일까요?
나는 얼른 대답할 거리를 찾지 못했다.

— 글을 쓰는데, 그나마 사람들이 그 글을 읽어주는 건요?

역시 더 어려운 질문이었다. 다시 L이 말했다.

— 그건 자기를 지키고 있어서예요. 자기를 어디로든 보내지 않고 묵묵히, 굳건히 자기를 지키고 있어서예요. 그걸 신이 저 위에서 내려다보고 있는 거고요.

그래서 내가 물었다.

— 자기를 지키는 일은 어려운 일인가요?

쉬운 물음 같기도 했으며 물음 같지도 않았지만 나는 어쨌든 물었다. 어쩌면 내가 글이랍시고 쓰는 글을 절대 좋아하지 않기에 나는 물었는지도.

— 세상에서 제일 어려운 일 아닌가요. 어떤 것에 의해 우리는 자신을 쉽게 잃어요. 하늘이 정해준 적당한 범위가 있는데 그걸 자꾸 벗어나려고 하고요……. 우린 어쩌면 자신을 망치는 일이 더 쉬울지도 몰라요.

내가 숙연해진 것은 그 말이 당연한 말이어서가 아니라 CT 촬영을 해서라도 내가 정녕 그렇게 살고 있는지를 알고 싶어서였다. 하지만 안고 있다. 나를 지키는 삶을 살 수 있을 때 내 머리 위에 늘 나를 지켜주는 새 한 마리가 앉아 있을 거라는 걸. 하지만 아직, 내 머리 위에 새는 없다.

내가 식물을 기르는 이유는 무엇보다도 식물을 좋아해서겠지만 더 큰 이유가 있다면 그것이 절대적으로 힘들고 어려워서다(왠지 좋아하는데 어렵다는 말, 그 어려운데도 좋아한다는 말은 우리를 바짝 정신 들게 한다. 식물 살 때 물 얼마큼 주라는 말, 그대로 해도 식물은 죽으니까).

어떻게 혼자일 수 있겠는가. 어떻게 혼자 산다는 이유로 아무것도 돌보지 않을 수 있겠는가. 식물은 나에게 아무런 말도 건네지 않겠지만 내가 식물에게 말을 걸면 되니까. 내가 말을 걸지 않으면 그들은 한 번 태어난 세상에서 영원히 시들어 죽는다는 걸 알고 있기에. 내 세계에 수많은 식물을 들여놓듯 나에게 늘 적당한 위험 요소를 선물하면서 '나'를 살고 싶다.

세상 모든 생명은 죽을 때까지 최선을 다해 목숨을 부지할 것이다. 그러다 죽을 때는 어떤 식으로든 소리를 남길 것이다. 그것이 찍 소리이든, 장기 밖으로 뿜어내는 뿡 하는 소리일지라도. 내가 들을 수만 있다면 세상과의 이별 앞에서 내 몸에서 새어나오는 그 소리가 어떤 소리일지 듣고만 싶다. 허튼소리이거나 누군가로 향한 맺힌 소리이거나, 내가 갖지 못한 것들을 뒤돌아보며 애처로이 앓는 소리나 내지는 않겠지.

언젠가부터 나는 내 호를 '부채'로 정했다. 아무도 나를 그렇게 불러줄 이는 없겠으나 나에게 끊임없이 부채질하면서 살고 싶은 이유. 대단하거나 장한 일을 벌이지는 않을지라도 그것이 소소한 동력일 것이므로. 그리고 나에게 어떻게 살아야 하는지를 묻거나, 무엇을 어떻게 해야 할지 몰라 하는 이가 나타나 손을 내민다면 불씨 하나 건네며 부채질을 해주면서 살기로 '정했음'이다. 내가 나에게 부채질을 하지 않고 어떻게 혼자일 수 있겠는가. 내가 남에게 그것조차 하지 않고 살기로 한다면 나 사는 자리에 어떻게 어떤 빛이 비치겠나.

- ∨ 어떤 식으로의 안간힘
- ∨ 쉬운 길이 아닌 어려운 행로를 택하기
- ∨ 자신을 허위로 포장하지 않는 것
- ∨ 남들이 만들어놓은 상황에 휘둘리거나 함몰되지 않기
- ∨ 눈치보지 않되 눈치 있기
- ∨ 희미하게 시작된 삶을 분명하게 하기
- ∨ 상처에 잠식당하지 말 것. '상처 배지'를 만들어 당당히 가슴 팍에다 달기……

이상은 '자신을 지키는 삶'을 사는 데 필요한 오만 가지도 넘는 질료 가운데 몇 가지를 예로 들어본 것이다.

저 정도쯤이면 더 열거하지 않아도 아프지 않던 곳에서 근육통마저 느껴진다. 그것은 무척이나, 꽤 어렵다는 것. 그 누구는 어려운 게 아니라 단지 지루할 수도 있겠다.

(아…… 이 글을 쓰는 기간에 만난 친구는 나더러 정자은행에 가란다. 건강하고 젊을 때 얼른 그것을 보관해두란다. 아, 이것은 무슨 생식의 관점에서 스스로를 보존하라는 지시인가. 네이버에 물으니 채취 비용이 이십만 원. 보관료는 따로. 그런데 왜 그 비싼 돈을 들여가며 액체를……)

나는 행복을 바라지 않는다. 행복이라는 말은, 참, 사람을 그 말의 노예로 만든다. 대신 내 몸안에서 핵분열하는 행복의 세포만 믿기로 한다. 그러니 굳이 행복을 위해 애써 하게 되는 일련의 피로한 행위들도 다 그만두자고 주문을 건다.

내 삶이 한두 가지 단어로 규정되지 않기를 바란다. 내가 믿고 따르며 숨쉬는 공기 또한 나에게 한 가지 색깔을 강요하지 않기를 바랄 뿐이다. 그래서 바람이 통하는 상태에 나를 놓아두려 한다.

당신도 그러하길 바란다.

우리는 각자
그렇게
살아갈 것이다

감나무의 주인은 지나가는 새들,

그리고 이 집의 주인은 고양이.

『당신이라는 안정제』라는 책으로 인연이 된 김병수 선생의 문
자 메시지다. 김 선생은 제주에 있는 나의 작업실에서 며칠을 지내
고 있다. 안 그래도 날이 추워져서 잘 계시나 싶었는데 때마침 도착
한 문자였다. 제주 작업실 마당에는 귤낭(귤나무) 여러 그루를 비롯
해 감낭 두 그루가 있는데 연둣빛의 감이 열리기 시작해서 붉게 물

들 때까지의 과정을 지켜보노라면 감나무에서 감이 다 익어도 차마 그 감을 따지 못할 때가 많다. 탐스럽고 고와서겠다. 그러니 새들의 차지가 되는 것은 당연하다. 새들이 좋아하면서 몰려드니 나도 부러 가만히 둔다.

그래서 감나무 주인이 새들이라는 이야기이고, 그 밑에 있는 또 한 줄은 우리집에 다니는 노란색 고양이를 말하는 것 같았다. 나도 모르게 미소가 번졌다. 그 고양이를 생각하면 어쩔 수 없이 그랬다.

제주도 사람들은 실제로 대문이고 현관문이고 할 것 없이 집의 문을 다 열어놓고 다니는데 부러 집의 문을 꼭꼭 잠그고 다니는 사람 집에는 특별한 뭔가를 숨겨두었기 때문이라고 믿는 정서적 영향이란다. 물론 그 때문은 아니지만 나도 한때는 대문이나 집 안팎의 문들을 열어놓고 다닐 때가 많았다.

어느 깊은 밤, 작업실로 들어와 이불을 펴고 막 누웠을 때였다. 책장에서 어떤 소리가 들렸다. 하지만 어떤 소리라고 하기엔 분명 생명체의 소리였고 그 소리는 덩치가 작지는 않았다. 쥐가 있는 건가. 그 소리가 두어 번 또 들렸을 때 어두운 방의 불을 켜고 책장의 책들을 슬쩍 치워보았다. 책을 서너 권씩 빼서 치우자 책이 있던 자리 너머로 벽지 발린 벽이 보였는데 작은 물체가 더 안쪽으로 이동하면서 슬슬 숨는 것 같았다. 그러다 알았다. 세상에나. 쥐가 아니라 쥐의 반대말. 그것은 고양이였다. 게다가 너무도 작은 어린 고양이.

대치하는 순간이 몇 분이나 되었다. 그러다 고양이는 쉽사리 내 손에 잡혀 온 힘을 다 빼고 늘어졌다. 잘못을 비는 눈빛 같았다.

— 너 나하고 살래?

그 말을 하고 있는 나도 참 문제였다. 한 달에 한 번 작업실에 내려오는 내가 이 고양이를 어떻게 기른단 말인가. 이 고양이를 데리고 육지로 올라갈까도 생각해봤지만 집을 자주 비우는 나 같은 사람이 길러야 할 것은 고양이가 아니라 비행기라야 맞았다.

제주 작업실에 내려가면 마당에서 고양이 똥이 발견되곤 한다. 아마도 자기가 집주인이라는 말이겠지. 그래, 너 집주인 해라. 나는 가끔이나 내려올 테니 그때는 집을 빌려주고. 반려동물을 키우라면 고양이를 기르고 싶어한다는 마음을 너에게 들키지 않을 테니.

원래 제주집은 마당에 창고 하나가 서 있었다. 창고를 헐어 부엌을 들여놓은 뒤 네댓 명이 앉으면 딱 좋은 테이블 하나를 들여놓았는데 테이블만으로도 차고 넘치는 부엌이다. 따로 난방이 되질 않아 겨울에는 석유난로를 때는 재미가 심심치 않은 공간이다. 물론 나무를 때는 것도 운치 있는 일이겠지만 그러기엔 이 좁은 땅에 태어나 사는 처지로서 나무가 아깝다.

겨울철에 석유난로를 때는 날이면 뒷마당으로 통하는 작은 창문으로 공기가 새어나가면서 그곳이 따뜻했나보다. 늦은 밤 난로를 끄고 난 후, 석유난로의 온기가 다 가시기 전까지는 바깥쪽 창틀에 몸을 길게 누이고 밤을 보내곤 하는 고양이의 기척을 나는 건물 안쪽에서 느끼곤 했다. 물론 낮이라고 해서 다르지 않았다.

"안으로 들어올래?"라는 말을 알아들을 리가 없고, 만약 알아듣더라도 "아니, 안 들어갈래"라고 눈도 안 마주치고 말할 것이 뻔한 그 녀석은 어디서 먹고 돌아다니는지 몸의 부피를 늘리면서 성장하고 있었다.

어떤 날은 멀리 호주에서 오신 손님이 그 집에서 지내면서 제주집을 체험하기로 한 첫날이었는데, 급한 듯한 목소리가 담긴 문자 메시지가 왔다. 손님들이 집에 도착해서 안채로 들어갔을 때 역시나 기이한 생명체 하나가 집을 점하고 있던 모양이다.

── 혹시 이 집에 고양이 키우나요?

아닌데. 빈집에 어떻게 고양이를 키우나. 그러다가도 나는 집 안마당을 어슬렁거리고 있을지도 모를 고양이를 떠올렸다. 어쩌면 버젓이 자기집 행세를 하고 있을지도 모르는 고양이를.

그 고양이가 글쎄 집 안에 들어가 있더란다. 손님들이 들어오니 나갈 데를 찾다가 혼비백산 여기저기 부딪히고 난리도 아니었단다. 고양이는 얼마나 놀랐을까. 손님들은 또 얼마나 놀라자빠졌을 것인가. 바람에 뒷문이 열린 걸까.

아마도 내가 며칠 지내는 사이, 내가 허둥지둥 마당 일을 돌보고 육지로 돌아올 채비를 하는 사이, 슬쩍 안으로 들어갔는지도. 고양이도 별 뜻이 있어서가 아니라 그냥 자기집이니까 들어간 것일 테다. 그렇다면 하루 동안을 갇혀 지냈던 게 된다. 내 사과 따위는 받지 않을 것을 생각하니 안쓰러웠다. 어렸을 적에 멋모르고 들어왔다가 나를 맞닥뜨리고 혼이 난 적 있는 그때를 기억 못하고서 말이다.

어느 바람이 좋은 날이나 마당에 벚꽃이 바람에 흩날릴 때, 어느 비가 오는 날이거나 눈이 오는 날에도 문을 열어놓고 있으면 고양이는 아주 의젓하게 마당을 지나가며 나를 흘끔 쳐다는 본다. 그러고는 주인처럼 마당을 가로질러 통과한다. 그리고 언제 어느 한번, 열어놓은 분으로 저널리 텃밭 끄트머리에 자리를 잡은 다음 한창 자라고 있는 노란 유리옵스 꽃무덤 옆에 몸을 길게 깔고 무기력하게 누워 잠을 청하는 모습을 보여준 적은 있다. 물론 말하기 뭣한 작은 동물을 물어다놓기도 한다. 하지만 그뿐.

혹시 고양이가 나를 기다리는 건 아닌가. 아닐 것이다. 나하고 살고 싶은 것도 아닐 것이다. 혼자인 그대로가 좋아서 오늘도 아무도 없는 그 집에다 터를 잡고 마음을 누이고 있을 것이다. 우리는 아주 각자 그렇게 살아갈 것이다.

한여름 밤의
콘서트

이것은 일본 이야기다. 아니다. 그냥 게스트하우스 이야기다. 나는 사실 게스트하우스를 불편해한다. 이유는 단 하나. 사람들과 계속해서 마주쳐서다. 인사를 해야 하고, 표정 관리를 해야 하고, 공동 공간에 사람이 없나 눈치를 봐야 하고, 모르는 사람하고 한방에서 잠을 자야 하는 그게 좀 잘 안 된다. 여러 번 해봤는데도 안 된다.

하지만 사람을 좋아하는 나 같은 사람에게, 게다가 더 나이들어서는 바닷가 마을에 게스트하우스를 차리고 싶어하는 나 같은 사람에게 게스트하우스에서 며칠을 묵는 것은 '어정쩡하게 들어갔다가

뭉클해져서 나오는 연극' 한 편을 보는 일과도 같으며, '양산을 쓰고 나갔다가 때마침 급습한 소나기를 맞는 일'과도 같다.

일본의 야마가타에 있는 게스트하우스 민타로 헛(Mintaro Hut, 뉴질랜드의 호수 이름을 따온 것으로 주인이 뉴질랜드 여행에서 묵었던 동명의 게스트하우스를 만든 것)은 특별하다. 우선 매일 밤 주인장인 사토 히데오 씨가 요리를 한다. 손님들은 술이나 음식을 사 와 섞여도 되지만 굳이 사 오지 않더라도 술자리에 참석할 수 있다. 사토 씨의 요리 실력은 엄청난데 만두를 빚어서 요리로 차려내는 데 채 20분이 안 걸리고 고깃국이며 샐러드며 튀김 요리까지 못하는 게 없다. 먹는 걸 아주아주 좋아하는 사람 맞다. 그리고 또 나처럼 사람들에게 음식 먹이는 걸 아주 좋아하는 사람인 것도 역시 맞다. 매일 밤 서너 명에서 많게는 열 명이 넘는 사람들이 처음 보는 얼굴로 인사하며 이 얘기, 저 얘기를 풀어놓는 분위기가 공식적으로 마련된다. 어쩌면 여기까진 흔히 있는 게스트하우스의 풍경쯤 되시겠다.

술자리가 파할 무렵, 아니 술자리가 파하든 말든 밤 11시 무렵이 되면 히데오 씨는 슬그머니 운동화 끈을 조여 맨다. 약 10킬로미터에 이르는 저녁 산책을 하는 것. 하지만 무심히 그를 따라 나갔다가 그가 걷는 속도를 보고는 놀라지 않을 수 없었다. 아니, 술을 그렇게 마시고는 이렇게나 빠른 속도로 걷다니.

매일 밤, 눈이 오나 비가 오나 그 속도로 걷는 이유를 묻자, 쉽게 말해 '걷기 중독'이라고 대답한다. 그런 사람이니 당연히도 마른 체형의 다부진 몸매를 가졌다. 한 며칠 그가 만들어준 요리를 '많이' 먹고, 설거지도 하고, 내가 직접 한국 요리도 만들고 하면서 그와 조금은 가까워졌는데, 실은 매일 밤 그의 산책에 동참하면서 심정적으로 부쩍 더 가깝게 되었는지도. 아니다. 음식을 차려놓기만 하고 통 먹지를 않는 그에게 뭐라고 물었을 때 돌아온 대답 한마디 때문에 더 그 사람을 가까이 지켜보자 싶었던 것인지도 모르겠다.

"왜 이렇게 음식을 안 먹죠?" 하고 물었을 때 그의 대답은 이랬다. "다 아는 맛인데요, 뭘."

세상에나. 아는 맛이라고 음식을 입에도 안 대다니. "인간이 아니라 신선이네요"라고 되받아칠 수도, 그렇다고 까무러칠 수도 없는 경지의 경지.

내가 딱 저렇게 살아야 하는데, 싶었다. 너무 많이 먹는 내가, 허기지지 않아도 음식에 코를 박고 먹는 나 같은 사람이 살아야 할 방향은 꼭 저것인데 싶어 슬쩍 약이 올랐다. 패자의 기분도 들었다. 그런데도 히데오 씨는 꽤 많은 양의 술을 마신다. 술은 왜 그렇게 마시냐고 물으면 돌아올 대답은 뻔해서 안 물었다. 예를 들면 이런 대답. "술은 마셔야 하니까요."

나는 살면서 소소한 나만의 의식을 중요하게 여기는 편이다. 의식이라는 말은 말이 어렵지, 내겐 그리 대단한 게 아니다.

생일에 혼자 조용히 여행을 떠나기, 술 마시고 돌아오는 길에 아무렇게나 자라고 있는 식물 꺾기, 높은 데 오르면 왜 좋아하는 사람이 떠오르는 건지 모르겠지만 아무튼 떠올리기, 술잔 커피잔 모으기,

한 사람 모르게 그 한 사람을 사랑하기, 사력을 다해 혼자 있기……

　이 모든 것들이 의식에 해당한다. 그러지 않으면 인간적으로다 축적되는 적적함과 심심함을 당해낼 길이 없으므로. 그리고 그런 의식들은 자주 축제로 승화 발전되기도 하는데 그렇게라도 혼자서, 최대한 조용히 나대지 않으면 살 수 없는 종자의 인간이라서 그렇다. 먹지 않는 히데오와 걷기만 하는 히데오가 살아가는 방식도 어쩌면 자기만의 '의식'에 초점을 맞춘 것이라고 나는 추측하고 싶다.

　민타로 헛에는 육십대 후반의 남성, 네 명이 묵고 있었다. 삿포로에 살고 있는 두 명의 남성이 도서관에서 따분히 고문서를 들춰보다가 생각난 듯이 멀리 떨어져 살고 있는 오래전 동창에게 전화를 건 것으로 이번 여행이 시작되었다고 했다. 네 사람은 야마가타 대학교 동창이었는데 전국에 따로 흩어져 살다 십칠 년 만에 만나 야마가타의 구석구석을 여행하는 것으로 그렇게나 죽여놨던 청춘의 한때를 꺼내보려는 것 같았다. 대학 교정을 찾았으며 천문대에 올라 별을 봤으며 불쑥 후배의 집을 방문해 후배를 놀래주기도 했다.

　이분들과의 술자리는 즐거웠다. 쌍방의 호기심이 단초였겠으나 나는 그들이 음악적 취미를 배경으로 사는 사람들이라는 것을 알고 그들이 몸담았다는 대학 밴드부 이야기를 집중적으로 궁금해했다. 마침 두 사람은 기타를 들고 여행을 왔고, 한 사람은 리코더를 챙겨 여행을 왔으며 나머지 한 사람은 세 사람의 영향으로 이번 여행중에 급히 리코더를 샀다고 했다. 나는 취한 김에 부채질을 했다.

— 떠나기 전날 밤에 콘서트를 여는 거예요. 참 아름답겠죠?

이틀 후 연주회가 열렸다. 기대도 하지 않았는데 그새 A4 용지에 볼펜으로 곡목들을 적어 연주회 프로그램도 만들었다. 팀의 이름은 '사쿠란보 리코더 콰르텟(사쿠란보는 '체리'를 뜻하는 일본말로, 야마가타는 초여름 체리가 풍년이다)'. 게스트하우스는 고급스러운 클래식 음악 연주를 시작으로 이리저리 불꽃이 튀었다. 가만히 놓아둔 젓가락과 술잔들이 여진을 이기지 못하고 춤을 추었다. 이내 나는 슬퍼졌다. 아름다운 것 앞에서 슬퍼지자는 것이 나의 의식이려니, 나의 축제이겠거니 나는 그렇게 먹먹해졌다. 그날 밤, 그곳으로 모든 별들의 기운들이 모여들고 있었다.

초로의 사내 넷이 연주하는 것은 음악이 아니라 인생의 의미였을 것이기에 아무 말도 할 수 없었다. 어떤 찬사도 덧붙일 수 없었다. 삿포로에서 온 어른이 연주를 마치고 나를 향해 이런 말을 했다.

— 나이가 이렇게 되어서, 아무런 일도 없을 줄 알았는데 불쑥 여기 왔고 모르는 사람들 속에서 엄청난 일이 일어났어요. 등을 떠밀려 연주도 했지만 연주를 잘 못한 것만 빼고 정말 이런 시간이 있다는 게 놀랍네요. 한 번도 한국에 가고 싶다는 생각을 안 했는데 이젠 한국도 가고 싶어졌어요. ……삿포로에 오면 나를 만나주겠어요?

늦은 그날 밤도, 히데오 씨와 나는 운동화 끈을 질끈 동여매고는 채 가시지 않은 분지의 열기로 가득한 밤길을 서둘러 나섰다.

마음이 급속히
나빠지지 않도록

가족은 아름답다. 하지만 혼자 사는 사람에게 가족은 그저 하나의 단위에 불과하다.

예를 들면 후배들의 결혼식에 참석할 때면 늘 생각하게 되는 한 가지. 그날의 배우자를 그날 이후, 후배와 동격으로 대할 수 있을 것인가를 생각하게 된다는 것. 후배는 한 번도 생각해본 적 없을 것이며, 역시도 절대 모르는 영역일 것이, 결혼한 사람은 파도에 몸을 실어야 하지만 그 주변의 사람은 여파에 몸을 실어야 하기 때문.

내가 어떤 식으로든 한 사람과 관계를 유지하고 있다는 것은 시

간이 흐르거나 쌓여서 만들어진 절친한 관계겠지만, 그 사람이 맞이한 남편 혹은 아내 혹은 아이까지 줄줄이 포함한다면 그것은 도대체 쉽지 않다. 이전처럼 당사자 혼자 만나는 줄 알고 약속을 잡았는데 아내와 아이까지 만나야 하는 사람 앞에서 나는 힘들고 만다. 어렵게 만든 시간인데 뭔가에 집중한 것도 아닌데다가, 이것저것 신경쓰다보면 만신창이가 되는 형국.

'가족' 하면 우선 떠오르는 두 개의 일화가 있다. 물론 아주 힘이 들었던 경우였다.

동년배 작가의 시상식 뒤풀이 자리였다. 문단에서는 문학상 시상식이 끝나면 자연스럽게 술자리가 이어지는 경우가 100퍼센트. 술집의 상황에 따라 테이블은 대체로 떨어져 있고 그렇기 때문에 테이블에 따라 이야기는 각양각색 어수선하게 이어지기 마련. 물론 술자리의 테이블 사정도 시간이 지남에 따라 엉망이기 마련인데, 그날 주인공인 작가의 아내로 추정되는 처음 본 사람이 나에게 호통을 친 것이다. 그날 수상작이 실린 책 한 권을 모든 하객들에게 증정한 것이 문제라면 문제일 수 있겠고 내가 대화를 하던 중에 가방에 넣어둔 수상작품집을 꺼내 보다가 테이블에 올려놓은 것이 두번째 문제라면 문제. 맥주 피처에서 흘러내린 물기에 그 책 표지가 젖은 걸 보고는 작가의 아내가 불쑥 다가와 하는 말은 이랬다.

— 아니, 이 책이 어떤 책인데…… 책이 다 젖었잖아요.

— 아, 미안합니다. 제가 모르고 그만…….

— 조심하셨어야죠. 오늘 문학상 받은 수상작이 실린 책이잖아요.

내가 잡아 든 책을 그녀가 다시 잡아채더니 자신의 옷소매로 한 번 닦은 뒤, 받으려고 내민 내 손을 무시하고 내 옆자리에 던지듯 놓고 다른 자리로 이동했다. 마음이 급속히 나빠졌다. 다시 말하지만 나는 그날이 되어서야 작가의 아내를 처음 보았다. 그녀는 저러려고 미장원에 가서 머리도 하고 옷도 차려입고 여기까지 온 것이다.

'아니, 이 책이 어떤 책인 줄도 알고 당신 남편이 대단한 것도 알고 상금이 많은 것도 알겠는데, 난 여기 올 시간이 안 되는데도 애써 축하해주려고 왔어. 그러니까 나는 노력중인 거라고. 책에 뭐가 묻었던 그 책은 내 책이잖아. 당신 남편이 상을 받은 것이, 이렇게 당신 남편보다 못 쓰는 나 같은 작가가 있어서 나 대신 남편이 상을 받기도 한 것이니 그렇게 당당하게 나를 꾸짖을 일은 아닌 것 같은데' 따위의 구린 감정을 참느라, 그럼에도 끝까지 자리를 지키고 앉아 있느라 아주 고되었다.

가족은 그림 같다. 하지만 혼자 사는 사람에게 가족은 그저 하나의 억지스러운 그림에 불과하다.

언제 한번은 음악 하는 남자 후배의 아내에게 연락이 왔는데 몇 번 같이 어울린 적이 있었지만 대뜸 '한번 보자'는 거였다. 후배가 녹음을 하러 해외 출장중인 걸로 알고 있었는데(후배가 돌아왔나 싶어 후배도 동석을 하는 건지 확인을 할까 하다가) 후배 아내가 내게 직접 연락한 것을 존중하자 싶어 의무를 앞세워 그냥 나갔다. 혼자였다. 만나자는 이유는 단지 '시인하고 술 한잔해보고 싶었어요'라는 것.

헛…… 음……. 이 역시도 존중할 부분이란 말인가. 아니면 내심은 내 시 이야기를 하고 싶은 건가 싶어 시 이야기를 조금 꺼냈지만 내가 후배에게 전해준 시집은 단 한 줄도 읽지 않은 것 같았고, 화장실에 다녀왔더니 '시인도 화장실에 가냐'며 전근대적으로다가 흉한 질문을 하길래 질식할 것 같아 한숨만 쉬다가 자리를 급히 마무리했던 기억. 보통의 사나이들은 이런 경우, 집에 돌아오면서 벽에다 주먹을 친다는데 나는 내 손이 아까워 그러지도 못하는 사람.

결혼이 주변 사람들에게 이 정도의 파문을 일게 하는구나. 이전과는 달리 감당해야 할 것들이 관계의 뿌리를 뻗어나갈 수 없게 만들고 마는구나. 그후로 그 두 사람만 보면 마치 악몽에 시달리는 사람처럼 아내의 얼굴들과 마주앉은 기분이 들면서 큰 새가 부리로 내 심장을 콕콕 쪼는 듯했다. 그 일로(무시해도 된다면 아내는 빼고) 직접 연관된 두 사람의 점수를 약 60점이나 깎아내렸다. 나는 어떠한 사람하고도 살지 말아야겠구나 싶은 것은, 약속을 한 사람이 갑자기 가족 일 때문에 못 나오겠다고 하면 마음 쓰라린 것은, 예민하고 명민하던 사람이 결혼하고 나서부터 감각을 어디 도둑맞기라도 한 것인지 갑자기 곰처럼 둔해져버린 것을 도저히 못 참겠는 것은……. 글쎄, 나는 나를 곰곰 생각하다가 어찌해야 좋을지를 몰라 결혼하지 않아서일 뿐이겠는데. 그전엔 전혀 그런 조짐을 보이지 않던 사람이 가족을 만들고 나서 연락이 없거나 연락조차 끊어버리는 그 모든 것을 이해할 수 없는 나는, 그래, 단지 삼각구도로부터 벗어나고 싶은 것이다. 스스로 원해서 삼각관계를 만드는 경우는 없다.

삼각만큼이나 수직도 싫다. 감정의 비율 또한 '나란히'가 좋다. 감정의 비만도 싫다. 그러니 내 옆에 나란히 무엇을 두어야 할까.

칼을 품고 다니는 무사처럼 나는 겨우 도장이나 가지고 다니는 사람인 것 같다. 그 도장으로 내가 만나야 할 사람인가를 정하고 사랑할 사람인가를 마음 안에 들여놓기도 하지만 그 도장을 사용해 더 이상 피로감 때문에라도 만나지 못할 사람들을 구분하고 떼어낸다. 그런 도장은 누구나 가지고 있을 것이다. 내가 가진 도장의 인주 색깔이 특별히 진한 것일 뿐. 그것이 나의 '위태롭지만 달콤한 혼자 사는 삶'을 지키기 위한 철학나부랭이쯤이다.

그러므로 '나는 단지 세상을 좀더 다른 각도에서 바라보는 것뿐이다(I'm just trying to see the world from different angles)'라고 했던 닉 나이트의 말은 나에게 "나는 단지 세상을 좀더 지독한 혼자로서 바라보는 것뿐이다"로 바뀐다. 지독한 혼자라서 하늘이 유난히 푸르게 보일 것이고, 음악은 저릿저릿하게 스며서 마음은 자주 너덜너덜해질 것이고, 자유는 어떤 무자비함으로도 훼손되지 않을 것이다.

그렇게 지랄맞은 혼자인 채로 혼자가 아닌 세상 모든 이들에게 왜 당신은 혼자가 아니냐는 물음은 참을 것이다. 딱히 어떤 결과를 바라서는 아니겠지만 혼자 있을 핑계로 나는 모든 세설을 날 것이고 좀더 잔혹하고 괴팍한 외로움을 즐길 것이다. 그러다 혼자에게 말을 걸어 괜찮냐고 물을 것이다.

덜 취하고
덜 쓸쓸하게

먼 나라로 시 낭송을 하러 갈 일이 있었다. 현지의 담당자가 미리 연락을 해온 건 준비사항들을 체크하기 위함이었다. 행사를 치르는 일정 동안, 지내야 할 숙소의 침구와 베개의 타입을 물었고 귀마개와 탄산수 구비 여부는 물론, 못 먹거나 알레르기 반응을 보이는 식재료가 따로 있는지도 물어왔다. 나는 머리만 기대면 자는 사람인데, 나는 맨밥도 잘 먹는 사람이라서 그 물음들이 고맙기만 했다. 작은 요소 하나 때문에 여행의 전체가 어려워지기 쉬운데 먼길 오는 사람을, 전혀 알지 못하는 사람을 맞이하는 방식은 섬세했다.

어느 나라에서는 남자 어린이들에게 소변기 사용 방법을 교육시킨다. 교육이란 소변기 자체 사용법이 아닌, 화장실 안에 여러 개의 소변기가 있을 경우 소변기를 선택하는 방법을 말한다.

아무도 없는 화장실에 들어가 사용할 소변기를 정할 때는 시차를 두고 곧이어 들어온 다음 사람이 사용하게 될 소변기를 염두에 두어야 하고, 그렇기 때문에라도 세 개의 소변기가 마련돼 있을 경우, 아무도 없더라도 가운데 것을 써서는 안 되며 화장실이 한적한 경우, 볼일을 보는 사람 바로 옆에 서거나, 화장실이 분주한 경우라도 볼일을 보는 사람 바로 뒤에 바싹 붙어 서서 기다리거나 하는 일을 피하라는 것이다. 언뜻 화장실 매너를 이야기하고 있는 것 같지만, 도시인일수록 살면서 타인들을 향해 얼마나 섬세해야 하는지 그 중요성을 알게 해주는 일화다. 겉옷을 입을 때나 가방을 둘러멜 때도 항상 뒷사람을 치지나 않을까 되돌아보는 사람을 봤으며 지하철역이나 상점들이 많은 곳에서 사람이 다니는 길 가운데를 막고 서 있는 상황은 아닌지 항상 살피는 모습이 몸에 밴 사람도 봤다.

둔한 사람이 편할 때도 있다, 라는 말을 나는 아주 어려워한다. 아무것도 신경쓰지 않는 사람과 긴 시간을 섞여서 지내야 할 일이라도 생길 때면 내 입장에선 아예 억울한 기분마저 들기 때문이다.

제주에서 올라오는 길이었다. 내가 앉기로 되어 있는 비행기 창가 자리에 누군가 앉아 있었다. 노부부였다. 창가에는 할머니 한 분이 앉고 중간에는 할아버지가 앉아 계시길래 "자리 맞으신가요?" 하고 물었다. '창가에 앉고 싶어서 먼저 앉았는데, 여기 앉아서 가면 안 되겠냐'고 되물어오셨다. 그러시라고 하고는 나는 복도 자리에 앉았다. 좌석이 세 개 붙어 있는 자리였다.

항공기 출발을 알리기 직전, 승객들이 탑승을 다 마쳤는데도 앞쪽 좌석은 훤히 비어 있었다. 뒤쪽은 거의 꽉 찬 것에 비해 앞쪽의 자리는 무려 서른여 개나 비어 있었다. 나는 안전벨트를 풀고 일어나, 바로 앞자리 창가 좌석으로 자리를 옮겼다. 승무원이 내게 오더니 자리가 맞냐고 물었다. 그리고 지금 앉은 그곳은 요금이 다른 자리라면서 원래 좌석으로 이동해 앉으라고 했다. 머쓱해진 나는 원래 앉아 있던 자리로 돌아와 앉았다. 그때부터 내 옆에 앉아 계시던 할아버지가 할머니 쪽으로 몸을 바싹 붙여 기울였다. 비행하는 한 시간 내내, 그러고 가셨다. 내가 선호하는 자리를 양보하는 바람에, 내가 자리를 좁다고 여기거나 불편하게 여긴다고 생각하시는 것 같았다. 비행기가 멈춘 뒤 나는 기내 캐비닛에 짐 올려두신 건 없는지 노부부에게 여쭈었다. 섬세한 배려에 대한 나의 투박한 인사였다.

다음은 어떤 술집에 대한 이야기다. 술집에, 혼자 술을 마시려는 사람이 들어와 자리를 잡으면 주인은 혼자 앉은 사람 맞은편 탁자에 다가도 젓가락 하나를 더 세팅해준다. 혼자 앉게 된 사람은 영문을 몰라 왜 그러지 싶겠는데, 그것이 이 가게의 철학이다.

혼자 온 사람이 덩그러니 술을 마시는 동안 어떤 누군가와 함께

앉아 있는 기분으로, 술을 마시라는 것이다. 그것이 덜 취하게 하고, 덜 쓸쓸하게 하고, 조금 더 앉아 있다 가게 된다는 주인의 섬세한 '철학'이라고 한다. 그 어떤 존재를 대신하는 것은 바로 자꾸 쳐다보게 되는, 맞은편 탁자에 놓인, 젓가락인 것이다.

나에겐, 둔한 사람만 아니라면 교류하고 싶은 의사가 충분히 있다. 사실 우리는 잘 만나다가도 어느 순간 둔해진 관계라서 안 만나게 되고, 또 멀어지게도 되는 것 같다. 그래서 그런가. 아예 둔한 사람 자체를 멀리하게도 되는 것 같다. 어떻게 보면 '안 섬세한 사람들'에게 있어 섬세한 사람이란 '그거참 머리 아픈 사람들'임에는 틀림이 없을 것만 같다.

맞습니다
이것도 저것도
나쁘지 않아요

국도변 휴게소에 차를 세우고 몇 걸음 걸어 바다를 보고 돌아오는 길이었다. 한 어르신이 차 운전석에 앉아 식사를 하고 있었는데 언 뜻 그릇만 봐서도, 사서 먹는 밥이 아니라 지어 먹는 밥인 것 같았다. 운전석 주변에는 이런저런 살림도구들이 어지럽게 널려 있었다. 나는 무심한 척, 마음 쓰라린 것을 감추며 그곳을 지났다. 그로부터 이틀 후, 여행을 마치고 다시 되돌아오는 길에 그 휴게소엘 들렀다. 일부러 그랬던 것이 아니라, 마침 그렇게 되어서였다.

이번에도 같은 자리에 주차된 차가 보였고, 바다에 다녀오는 길에 그 어르신과 마주쳤다. 차의 트렁크를 열어서 뭔가를 꺼내려던 어르신은 내가 지나가자 몸으로 가리려는 듯 잠시 멈칫했지만 이내 나는 차 뒤편의 속사정을 보고 말았다. 휴대용 가스레인지라든가 냄비, 라면, 계란 꾸러미 같은 세간들로 간이 부엌을 꾸미고 있었다. 그렇게 차가워 보이는 부엌은 처음 보았다.

대체 무슨 일이냐고 묻고 싶었지만 나 또한 그저 스쳐지나가는 이번 생의 여행자일 뿐이었다.

맞습니다. 이렇게 사는 것도 나쁘지 않아요.

또하나는 기차 안에서 본 풍경이다. 서른 중반은 됐을 법한 사내였다. 그 사내에게 눈길을 준 것은 기차가 어느 역에 정차하자, 많은 사람들 눈길이 그 사내를 향했기 때문이었는데 아이들이 입을 법한 원색의 티셔츠에 점퍼를 걸치고 있는데다 한 손에 커다란 인형을 들고 있어서였다. 인형은 십 년은 족히 사내와 함께 살았을 것처럼 군데군데 낡고 때가 끼어 있었다. 사내는 기차에 오르더니 자리를 정한 다음, 인형을 껴안고는 얼굴에 부볐다.

사람들의 그 많은 시선을 하나도 신경쓰지 않는, 사내가 여전히 놀라웠다. 삼십대 중반의 남성이 저렇게 인형을 들고 아이처럼 행동하다니. 내가 할 수 있는 일이라곤 그저 대놓고 쳐다보는 일이었다. 내 탁한 호기심과는 달리 그 사내의 얼굴은 편했다. 아니, 믿을 수 없을 정도로 눈이 맑다는 표현이 더 사실에 가까울 것이다. 그때 잠시 가만히 나는, 그 발견 앞에서 이렇게 중얼거렸다.

그래, 맞아. 저토록 아무것도 신경쓰지 않는 삶, 바로 내가 살고 싶은 삶.

또 한번은 청량리역이었다. 기차 시간을 얼마 남겨두지 않고 대합실에 앉아 기차를 기다리고 있을 때 보았다. 오십이 족히 넘어 보이는 사내였다. 아니, 사내라고 적고 있지만 사내라고 말하기엔 조심스러운 면이 있는 인물이었다. 커다란 반짝이 귀걸이를 하고, 검은색 스타킹을 신고 치마와 블라우스를 입었으며, 머리에는 갈색 가발을 쓰고 머리띠를 둘렀다. 거기까지는 그럴 수 있었다. 그 옆에 여든은 돼 보이는 아버지가 앉아 있었는데, 아버지는 연신, 계란이라도 먹어라, 주스라도 사 줄까 하면서 아들을 챙기고 있었다.

그럴 때마다 아들은 몸을 살짝 돌려서 싫다는 의사 표현을 하거나 손거울 들여다보면서 화장을 고치고 있었다. 여든 된 아버지 앞에서 립스틱을 바르는 오십이 넘은 아들이었다.

세상에는 '그럴 수도 있는 일'투성이일 테고 그런 것만큼이나 '하나도 안 중요한 일'투성이기도 할 것이다. 반면 그 어떤 기적이나, 운명이라 할지라도 받아들일 수 없는 입장도 분명 있기는 할 것이다. 괜히 내가 아버지의 입장이 되어 그 모든 상황을 헤아리자니 복잡하고, 희한스럽고, 어두웠다. 그러나 실은 어찌 보면, 아들의 생긴 대로 살겠다는 입장이 훨씬 더 날렵하고 명백하고 간단하다는 생각이 들었다.

기차에 오르고 나니 마침 같은 기차를 기다렸던 것인지 그 부자가 멀지 않은 곳에 자리를 잡았다. 아버지는 왼쪽 창가에 앉았고 아들은 두어 칸 앞, 오른쪽 창가를 차지하고 앉았다.

어디에 가는 길일까. 두 사람은 집에 가는 길일까. 그도 아니라면 어디, 좋은 데라도 가는 길일까.

기차가 터널을 들어가면서 나는 눈을 감았다.
좋은 데라는 건, 과연 어디를 가리키는 말인가라는 말소리가 들려왔다. 터널을 지나면 창밖은, 머지않아 온통 봄이겠다 싶었다.

혼자가 혼자에게

1판 1쇄 발행 2019년 9월 19일
1판 14쇄 발행 2023년 8월 16일

지은이 이병률

책임편집 변규미
디자인 최정윤 조아름
편집 이희숙 이희연 양이석
마케팅 정민호 박치우 한민아 이민경 정경주 박진희 정유선 김수인
브랜딩 함유지 함근아 김희숙 고보미 박민재 정승민 배진성
제작 강신은 김동욱 이순호

펴낸곳 달 출판사
출판등록 2009년 5월 26일 제406-2009-000034호
주소 10881 경기도 파주시 회동길 455-3

✉ dal@munhak.com
🐦❎🟦📷 dalpublishers

전화번호 031-8071-8683(편집)
        031-955-8890(마케팅)
팩스 031-8071-8672

ISBN 979-11-5816-102-6 03810

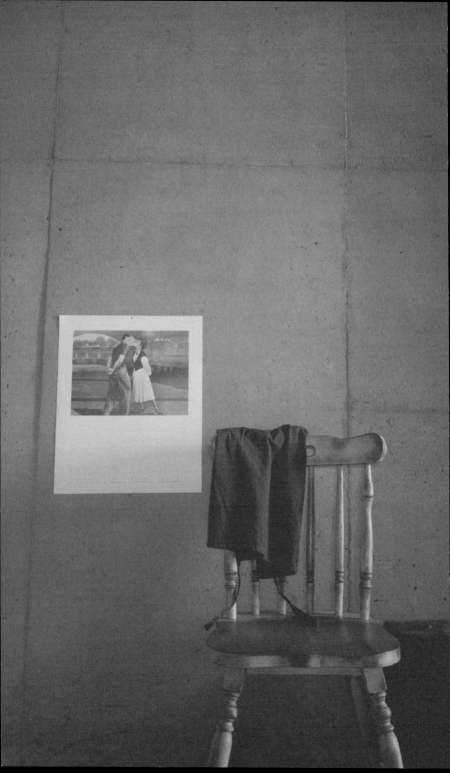